中公文庫

夫の墓には入りません

垣谷美雨

中央公論新社

目次

夫の墓には入りません

1

どうして悲しくないんだろう。

夫が死んだというのに、何の感情も湧いてこない。

それどころか、祭壇に飾られた遺影を見つめるうち、まるで知らない人のように思えてくる。

遺影の周りには、たくさんの菊が飾られていた。菊の白と葉の緑の二色を巧みに生かして、水が流れるようなデザインになっている。寸分の狂いもないうえに、花の大きさまで揃っているから、プラスティックでできた偽物みたいに見える。生花なのに、一本一本の個性はここでは認められないらしい。まるで自分を見ているみたいだ。

自分もリビングに花を飾って夫を待ったことがあった。結婚記念日だったり、誕生日だったりと色々だったけれど、そういう日も例外なく残業だ、出張だと、夫は家を空けた。

結婚して十五年も経つのに、いったい何回夕飯をともにしただろう。疑心暗鬼の苦しい毎日が続いて、ひとり泣いた夜もあったっけ。だけどそのうち、夫に期待するのはやめようと思うようになっていった。つらくなったら別のことを考えればいい。そうやって心の訓練をしたこともある。だけどやっぱり、いつまで経っても諦めの境地に達することなんてできなかった。それでも、なんとか波風立てずに、うまくやってきたつもりだ。

脳溢血で急死した夫は、まだ四十六歳だった。人の死というものは、過去のあれこれを帳消しにしてしまうほどの、圧倒的な不幸だと思っていたけれど、そうでもないらしい。だって現に今、涙のひと粒さえ流れないのだから。

葬儀ホール内に読経が響く中、高瀬夏葉子は耐えきれなくなって遺影から目を逸らした。写真の中で微笑む夫と目が合ったような気がしたからだ。生前と同じで、妻を軽んじて苦笑しているように見えた。

――日本人の夫婦は、なぜ愛が醒めても離婚しないのか。

つい最近、美容院で読んだ週刊誌の見出しを思い出した。確か、「外国人が驚く日本人の不思議」というような特集だった。それを目にしたとき、逆にこちらが驚いてしまった。

外国の女性は、愛が醒めたら迷わず離婚するということなのか。

離婚しても食べていけるの？

老後に不安はないの？

すぐに職が見つかるの？

たぶん……違うと思う。

――あんな夫、もうこれ以上我慢できない！

そう思ったが最後、先行きの暮らしが不透明であっても、外国の女たちは夫を見限る。日本人の女のように、耐え忍んだりはしない。

――食べていけるのならば、すぐにでも離婚したい。

そう思っている女は日本にはたくさんいると、何かで読んだことがある。自分も同じように思ったことは一度や二度ではないけれど、離婚後の生活を想像すると、途端に心細くなった。日々こまごまと節約したところで、パート収入だけで食べていくのは厳しい。仮にギリギリなんとかなったとしても、カツカツの生活では預金もできないから老後が心配だ。自分の年金だけでは到底暮らしていけそうにない。

財産分与があるにしても、家をどう分割するのか。住宅ローンは六十七歳まであるのに、売ることができるのだろうか。

お金の問題だけじゃなかった。東京生まれの自分にとって、ここ長崎は地元ではない。

夫と離婚したあとも、ここに居座るのは勇気の要ることだ。

——なんで別れたとやろね、ダンナさんの浮気やなかね。案外と奥さんの方やったりして。見かけによらず暴力亭主やったとか？　そいとも嫁姑のいざこざやないと？

きっと、尾鰭のついた噂が広まるだろう。そして、夫側の親戚にも肩身の狭い思いをさせることになる。観光地だし商業施設もたくさんあるとはいえ、市の中心部に買い物に行けば、見知った顔に出会う確率は高い。そこが東京とは決定的に違うところだ。東京都心では、知人にばったり出会うなんて奇跡に近いのだから。

とはいえ、東京には帰りたくなかった。今さらあんなゴミゴミした都会では暮らしたくない。夫の転勤を機にこの地に引っ越してきた当初、東京の雑踏が恋しくてならなかったのが今では嘘のようだ。

小さな路面電車が走る、港の見える街……。

いつの間にか、車窓からそんな風景を眺めるのが大好きになった。遠くに見える山々や、頬を撫でる生ぬるい海風や水道水の清らかな冷たさまでもが、自分にはなくてはならないものになっていった。それも、人里離れた田舎というのではない。駅前に行けばデパートやブティックが立ち並び、大型の本屋もあれば洒落た喫茶店がいくつもある。そのうえ東京と比べれば人口密度はうんと低いから、道路は空いていて運転しやすい。そのうえ魚は新鮮だし物価は安いし、理想の街と言ってもいいくらい暮らしやすい土地なのだ。

何よりも、中古で買った赤煉瓦の家には格別の愛着があった。海を見下ろす高台にあり、バルコニーに出れば水平線に夕陽が沈むのが見える。毎日のことなのに心が洗われるようで、見飽きることがない。庭には実のなる木や花を植え、ハーブの花壇まで作った。こんなにゆったりとした庭付き一戸建ては、東京では決して手に入れることはできない。

そもそも、離婚に追い込まれる決定打がなかった。暴力を振るわれたわけでもなく、浮気の確実な証拠をつかんだこともなく、ただただ夫との距離感に空疎な思いをしていただけだ。結婚したばかりの頃は、ゆうべはどこに行っていたの、誰と飲んでいたのと尋ねたものだ。夫は慌てる様子もなく、上司に誘われてね、同僚の送別会でね、などと顔色ひとつ変えずに答えた。

なぜだろう、新婚当初から夫の言葉に真実味を感じなかったのは。

心の底のモヤモヤは、夫が亡くなるまでずっと積もり続けた。死んでしまった今、そのモヤモヤが消えたかというと、そんなことはない。遺影を見るたび更に積もっていく気がする。

——ホントに可愛げのない子だねえ。

幼い頃から母にそう言われて育ってきたせいか、人に愛される自信がなかった。たぶん夫も、甘え下手の妻といるより、もっとキャンキャンした女の子といる方が楽しいのだろうと思っていた。

　だったらどうして自分なんかと結婚したのだろう。

　二歳上の夫とは合コンで知り合った。当時自分は、銀座にある事務機器販売の会社に勤めていた。その隣に夫の勤める証券会社があり、夏葉子と仲のいい同僚が、昼休みに近くの蕎麦屋で証券マンたちと相席になった。それがきっかけで同僚が企画して六人ずつの合コンとなった。そのとき夫と席が隣同士になり、穏やかで優しそうな人柄に惹かれたのだった。北九州証券の本店は福岡にあるのだけれど、夫は東京の大学を出て東京支店で働いていた。

　離婚に踏み切れなかった原因は、もうひとつある。夫婦というものは、そう簡単には別れないものだという観念が、いつの間にか刷り込まれていたのだと思う。というのも、実家の両親は年がら年中、口汚く罵り合っているのに、金婚式を迎えた。喧嘩するほど仲がいいという言葉があるけれど、両親に限っては、そんな上等な代物には見えず、仲が悪いからこそ四六時中喧嘩するとしか思えない。東京の下町でカウンター席しかない小さな飲み屋「おむすび屋」を経営している関係で、互いになくてはならない無償の労働力だ。たいして儲かってはいないけれど、既に年金をもらっているからなんとかやっていけている。ひとり六万円の年金では無理でも、二人で十二万円なら食べていけるという。だから別れられない。ただそれだけのことであって、夫婦の絆などというきれいごととは程遠い関係に見える。

妹の花純は、自分と違って子供の頃から甘え上手だった。もしも自分が花純のようなタイプの妻だったなら、泣いたり喚いたりして寂しさを夫に訴えたのだろうか。だとしたら、夫もあんなに冷淡ではいられなかったかもしれない。

朗々たる読経を聞きながら、夏葉子は頭の中にソロバンを思い浮かべた。小学生の頃、母に無理やり珠算教室に通わされた。教室の経営者が、おむすび屋の常連客で、次々に知り合いを引き連れては飲みに来てくれるので、娘を教室に通わせて繋ぎとめておこうという算段だった。同級生でソロバンを習っていたのは自分だけで、英語やバイオリンを習っている友だちと比べてカッコ悪くて嫌だった。だが今、日々こうして役立っている。いつでもどこでも素早く正確に暗算ができる。スマホのアプリも電卓も必要ないから、頭の中で金の計算をしていることを人に知られずに済む。

夏葉子は、頭の中のソロバンに何千万円もの住宅ローン残高を弾き入れた。

——ご破算で願いましてーはー。

珠算教室の経営者のダミ声が、頭の中に響き渡った瞬間、ソロバンがクリアされてゼロ円になった。団体信用生命保険に加入しておいて本当によかった。世帯主である夫の死亡で住宅ローンがチャラになったのだ。

家を購入するとき、夏葉子は言った。

——私の独身時代の預金を頭金の一部にしてちょうだい。その代わり、家は夫婦の共有名義にしてほしいの。

自覚はなかったが、いつの日か離婚するという予感が、当時からあったのだろうか。

——そうはいかないよ。ここら辺は東京と違って、世帯主の名義で買うのが普通なんだ。あの不動産屋は遠い親戚にあたるし、共有名義なんかにしたら変わった夫婦だと言われてしまうよ。

そう言って夫は反対したのだった。夫の両親が頭金を援助してくれたこともあり、それ以上は強く言えなかった。

そして夫は、こうも言った。

——独身時代の預金は夏葉子の好きなように使えばいいよ。

夫の意見に仕方なく従ったあれこれが、自分を救う日が来るとは思いもしなかった。

もしもあのとき共有名義にしていたなら、自分の分のローンが残るところだった。

つまり、夫ひとりの名義にしたことが、皮肉にも夫の最初で最後の嫁孝行となった。そして自分の独身時代の預金は、いまだに手つかずのままだ。

ええっと、それと……死亡保険金はいくら入るんだったっけ。子供ができなかったこともあり、死亡保障の大きい保険に入らなかったのが、今となっては悔やまれた。

頭の中のソロバンに、月々のパート収入を弾き入れ、生活に必要な経費を次々に差し引いていく。水道代、ガス代、電気代、食費……ソロバンの珠が残金を示す。贅沢をしなければ、月々の暮らしはなんとかなりそうだ。やはり住居費がないことが大きかった。これなら死亡保険金は、いざというときのために残しておけそうだ。

夫の転勤で、東京から長崎へ来て十年以上が経つ。引っ越してまもなく、タウン情報誌のパート記者の仕事を見つけた。最初は広告取りに商店街をかけずり回る毎日だったが、少しずつ記事を書かせてもらえるようになった。正社員が二人、パート主婦と学生アルバイトがそれぞれ三人ずつで、社長を入れて全部で九人しかいない。少人数だから人間関係が濃厚になりがちだった。そんな中、夏葉子は良好な人間関係を保つよう、常に気を配るようにしてきた。女性の何人かとランチに行ったり、会社帰りにカフェに寄ったりするときには、誰かが人の悪口を言い出しても、決して相槌を打たないし、噂話はさらりと聞き流す。人間関係のこじれが原因で、パート主婦の入れ替わりは激しかった。他人はどうあれ、自分だけは絶対に長く勤め続けると決意していた。

タウン情報誌の仕事は、やりがいのあるものだった。何の資格も持たない四十代主婦が、記事を書いて給料をもらえるような職に就くのは難しい。

週に何回か駅前のスポーツジムに通っている。そこでは同世代の気の合う友人もできた。

庭付きの家と、やりがいのある仕事と気の置けない友人……それらを失いたくなかった。今後も、この地で暮らしていきたい。

経を唱える声が突然大きくなった。見ると、住職の後ろに控えていた二人の僧侶たちも一斉に声を揃え出した。

そんな読経が響き渡る中、ふと、あの日の電話が耳もとに蘇った。


――もしもし、奥さんですか？

結婚記念日の夜遅くにかかってきた電話には、ただならぬ緊迫感があった。

――僕、三沢です。あのう……ご主人が、ですね、ホテルで、ですね。もしもし、聞こえとっと？　あ、すんません。そいで、そのう、僕が駆けつけたときには、もう息がなかったとです。

夫の部下の三沢も夫とともに東京出張に行っていたらしい。

——死んだ？　嘘でしょう？　どうして？

——医者の話だと、脳溢血らしいかです。

外で食事を済ませることが多かったからか、夫は塩分の濃い物を好んだ。家では飲まないが仕事では酒の席が頻繁（ひんぱん）だった。

——奥さん、病院にすぐ来てもらえますか？

夫の両親に連絡しなきゃ。まず、そのことが頭に浮かんだ。

夫の実家は車で五分のところにある。長崎に来てから、夫の両親との行き来が増えた。世間でよく言われる嫁姑の争いなどとは無縁で、姑は実の母よりずっと気持ちよくつき合える優しい女性だった。引っ越してきた当初、自分は孤独に苛（さいな）まれていた。夫は不在がちなうえ、この地に不慣れで心細くもあり、周りを見渡しても知り合いはひとりもいない。そんなとき、姑の訪問で救われたことが何度かあった。皇后さまと同窓である姑の、その柔らかな笑みと品の良さに、夏葉子は憧れに似た気持ちを抱くようになった。姑の実家は十八代も続く旧家で、県議会議員を務めている親戚もいる。

——もしもし、奥さん、大丈夫ですか？　気ばしっかり持ってくれんね。

あのとき、三沢は大声を出した。

あれこれ目まぐるしく考えて返事をしないのを、ショックで倒れたと思ったのだろう。

――私は大丈夫よ。それより三沢くん、お手数かけてすみませんでした。

すぐにネットで東京行きの飛行機のチケットを取らなければ。そして、明日の朝いちばんの便で東京へ向かおう。舅と姑も行くだろうか。引きこもりの義姉はどうするだろう。義姉はこういうときでも外には出ないのだろうか。

そんなことより……ああ、まずい。タウン情報誌の次号の締め切りが迫っている。夫が死んだことよりも、仕事のことが気にかかっていた。自分が出した「隠れた名店シリーズ」の企画が通り、張りきっていたところだったから、他のメンバーに任せたくない。葬儀が終わったら、すぐに出社しよう。東京とは違い、地方は職住近接だから助かる。会社が入っている雑居ビルまで、路面電車かバスで、たったの十五分だ。

――もしもし三沢くん、本当に申し訳ないんだけど、私が着くまで主人の傍にいてくれる？　明日の朝いちばんの飛行機でそっちに行くから。

――えっ、飛行機って？　奥さん、今どこにおらるっとですか？

――どこも何も、自宅に決まってるじゃないの。三沢くん、これ、自宅の電話だよ。

――ああ、そうやった。だけんど……あれ？　飛行機っていうのは何のことね？

その時点でも、自分はまだぴんと来ていなかった。

ねえ、堅太郎さん、あなた、東京に出張に行くと言ったよね。それなのに、どうして地元のビジネスホテルで死んだの？　あなたの嘘には慣れっこだったはずなのに、すごく惨めな思いになったよ。

最後の最後まで人を馬鹿にして。

いい加減にしてよっ。

心の中の叫びでハッと我に返った。知らない間にまたもや祭壇の遺影を睨みつけていた。

今さら怒っても仕方がない。夫は死んだのだ。

もうこれ以上、裏切られることはない。未来永劫、ない。

今後の自分の人生に、夫は一切かかわりを持たない。

今までも夫に縛られていたわけではなかった。それどころか、夫は自分には無関心だった。それでもやはり、夫がこの世からいなくなれば、夫の帰りが遅いことを気に病むこともなくなる。夕飯が要るのか要らないのかをいちいちメールで尋ねることもない。

女の影に傷つけられることもない。

つまり……自分は正真正銘の自由を手に入れた。

そっと深呼吸してみると、今まで味わったことのないほどの、半端ない解放感が胸に広がった。心はまるで今日の空のようだ。水のように澄み切った秋の青空が広がり、天井が抜けたようだった。

「こんたびは急なことやったね」

「ご愁傷様。ほんなこつ残念ばい」

口々にお悔みを述べる参列者に頭を下げながら、夏葉子は不思議な思いを募らせていた。

夫の会社関係の人々のほとんどが初対面だった。彼らは夫と毎日のように顔を合わせ、様々な話をし、協力して仕事を進め、飲み屋では互いに愚痴をこぼしたり、新年会や忘年会では騒いだりと、長年に亘って交流があったのだ。

そんな人たちに比べ、自分と夫の関係はなんと希薄なものだったろうか。果たして自分は、夫のことをどれくらい知っていただろう。もしかしたら、同僚の何人かは夫の女関係まで知っていたかもしれない。だとしたら彼らは今、妻の自分をどんな目で見ているのだろう。

——それにしたって鈍感な奥さんやね。

——最期まで、ようバレんかったね。

想像すると、屈辱的な気持ちになってきた。

三沢が申し訳なさそうに、黙礼して通りすぎた。病院に駆けつけたとき、何度尋ねても彼はこう言った。

——おひとりで宿泊されとったようです。持ち帰った仕事ば静かな部屋でさっさとやっつけてしまうためやなかったとやろか。

冗談じゃない。家に帰れば書斎があり、夫はいつもそこに籠ってしまうのだから、わざわざ静かな環境を求めてホテルに泊まる必要なんかない。いや、それ以前に、ホテルじゃなくて会社に残って仕事をすればいい。年がら年中残業しているくせに。

夫は一度だけ三沢を家に連れてきたことがある。長崎に引っ越してきてまだ日が浅かった。今は結婚して二児の父になったらしいが、当時はまだ独身で、気弱さを前面に出したような情けない顔つきの男だった。三沢は、夫の学歴や育ちの良さに憧れていた節があった。夫は三沢の人の好さを利用していたのだろう。いろんな場面で、三沢に口裏合わせを頼み、尻拭いをさせることもあったのではないか。死んだ今でも夫を庇おうとする、その律儀な性格が腹立たしかった。

さっきからずっと、夏葉子のすぐ隣で、姑が嗚咽を漏らしている。

今にも泣き崩れそうになるのを舅が支えている。立っていられないほどの悲しみとはどんなものだろう。子供のいない自分には、姑の気持ちを真に理解することなど到底無理なのだと思う。

舅と姑が寄り添う姿は、大きな熊と小さな兎の童話を思い出すほど絵になる光景だった。華奢な姑が、大学時代にラグビー部で活躍したというがっちりした体躯の舅に支えられている。姑は常に舅を立て、何かあれば舅に相談して判断を仰いだ。頼りになる夫と可愛い妻という役割にすっぽりと無理なく嵌まっているように見えた。それが微笑ましくもあり、羨ましくもあった。

参列者が帰っていくと、葬儀会場には親族だけが残った。

「大丈夫？　気をしっかり持つのよ」

そう言って、数珠を持つ夏葉子の手を両手で包み込んだのは、舅の妹の朝子だった。心配そうな眼差しを、なぜか姑ではなく、こちらに向けている。

姑も朝子も、夏葉子の前では標準語を話す。東京の女子大を出たプライドがあるのか、それとも東京育ちの夏葉子に合わせているのかは知らないが、古き良き時代の女らしい東京弁だ。

「義姉さんのように泣ける人はまだいいのよ。夏葉子さんみたいに、涙も出さずに茫然としている人がいちばん危ないの。ショックが大きすぎて受け入れられないのね」

朝子は勝手に決めつけ、こちらの目を捉えると大きくうなずいてみせた。私はあなたの気持ちくらいお見通しよとでも言うように。

夏葉子はほっとしていた。涙を見せないのを、親族たちは内心非難しているのではないかと考えていたのだ。

朝子もまた、舅や姑と同じように裏表がなくて気持ちのまっすぐな人間だった。夫との関係が希薄でも、こういった心優しい人々に安らぎを与えられてきたのだと、あらためて感じていた。

「ねえ兄さん、夏葉子さんのこと、しっかり見ていてあげてね」と、朝子は舅に向かって言った。

「ああ、わかっとる。家も近いことだし、ちょくちょく気ば配るようにすっと」

舅は常に紳士的で、学も品もあり、夏葉子の実家の父親とは雲泥(うんでい)の差がある。

「これからの生活は大変だろうけど、夏葉子さんもパートとはいえ、一応は働いているんだもの、少しは安心よね」

朝子が慰めるように言う。

「夏葉子さん、経済的なことは大丈夫ばい。うちができるだけ援助ばするつもりだけん」

舅が鷹揚に応じた。

「ねえ兄さん、相続の方はどうするつもりなの?」と朝子が尋ねる。「私の聞いた話だと、子供のいない夫婦の場合は、妻に三分の二、親に三分の一の権利があるのよ」

「わしらは相続ば放棄すっつもりばい。堅太郎が残したとは、あのこまか家とちょっとばっかいの預金やろう。夏葉子さんが何ちゃかんちゃひとつも残らんごと相続すればよかよ。そんことは、知り合いの司法書士に既に頼んであっけん」

舅は県庁を定年まで勤め上げた。街の中心地に大きな屋敷を構えていて、貯えもかなりありそうだ。年金にしても、毎月かなりの額が入ってくると聞いている。

「それにしても、どうしてあんないい子が死んじゃうのかしら」

朝子の言葉に、姑の嗚咽が大きくなる。

「本当に優しい子やった」

「惜しいことばしたもんたい」

舅や姑の兄弟姉妹たちが、口々に夫の死を惜しむ。

「思いやりのある子だったわ。いつだったか、スーパーでお惣菜を買ってるの見たもの」

朝子は何かというと、この話題を持ち出すのだった。

引っ越してきたばかりの頃、夏葉子が風邪をこじらせたことがあった。なかなか熱が下がらず、冷蔵庫の中が空っぽになってきたので、夫に買い物を頼んだ。夫が朝子と惣菜売り場で偶然出会ったのは、そのときだ。

夫が妻に頼まれて買い物をする。そんなことは、自分の世代にとっては珍しくもなんともない。それなのに、朝子にとっては驚くべき「思いやりのある」行為であるらしかった。世代の違いからくる感覚のズレもはなはだしい。だが、実家の父も朝子と同じ七十代なのに、母に頼まれてスーパーに行くのなんかしょっちゅうだ。それを考えると、単に世代の違いだけではなくて、東京と地方の違いもあるのかもしれない。

「背も高うてなかなかのイケメンやった。まぁだ若いとに惜しいことばい」

「明るうて爽やかで感じのよか男やった。代わってやりたかよ」

「こがん老いぼれがまぁだ生きとるっていうのにねえ」

「そういえば、夏葉子さんのご両親はいらっしゃってないの？」と朝子が、いま気づいたというふうに尋ねた。

「すみません。すぐにでも駆けつけたいようでしたが、前々からの予約がたくさん入っていて店を閉めることができないらしくて」

「それじゃあ仕方ないわね。東京でレストランを経営しているとなると、ここら辺と違って段違いに大変なんでしょうから」

「商売繁盛なら結構なこっぱい」

誰がどう説明したのか、いつの間にか都内で立派なレストランを経営していることになっている。本当はカウンター席しかなくて、長年に亘る煙草の脂と揚げ物の油でギトギトの不潔な飲み屋だ。だが、ここでわざわざ教える必要もない。

「それより弓子ちゃんはどうしたのよ。弟が死んだっていうのに家から出られないの？」

朝子は打って変わって非難めいた口調になった。

「体調が悪かもんでね」と舅が静かに答える。

「兄さんたら弓子ちゃんに甘すぎるんじゃない？ そりゃああれだけ太っていれば体調も悪いでしょうよ。まだ五十にもならないのに、家でゴロゴロして。健康診断だって何年も受けてないんでしょうけど、きっと高血圧で糖尿病になってるわよ」

長崎に引っ越してきた当初、義姉の弓子は音楽教室の講師の仕事を辞めたばかりだった。保護者との間のトラブルが原因だと聞いていた。弓子は音大を出ていて、家にはグランドピアノもある。その頃はまだ台所を手伝ったり、ときどきはピアノを弾いたり、庭の草取りをしたりして、塞ぎ込みがちとはいうものの、平穏に暮らしているように見えた。ただ、プライドの高さは言葉の端々から垣間見られ、「馬鹿にするな」と言いたげなバリアが張られているのを感じて近づき難かった。

もう何年も会っていない。背が高くてすらりとした印象しかなく、太っている弓子が想像できなかった。

いつだったか、不用意なことを言ってしまったことがある。

――義姉さんも、髪を切ってさっぱりして、少し運動したら元気が出るんじゃないかな。

義姉に直接言ったわけではない。夫に話したことが、夫の口から伝わってしまった。あの頃は、義姉もまだ三十代だったし、全く外出しないというわけでもなかった。だから気軽に言ったのだ。全くの善意からだった。だがそれ以降、義姉は「夏葉子さんは苦手」と周りに言い続けている。

「夏葉子さん、元気出すのよ」

帰りがけに、朝子はそう言い、肩にそっと手を置いた。

とっぷりと日が暮れ、葬儀会館の出入り口の自動ドアが鏡のように親族の姿を映し出していた。その中に、白い布に包まれた骨壺(こつつぼ)を大事そうに胸に抱いた自分がいた。まるで夫の遺骨を愛(いと)おしんでいるように見えた。陶器製の骨壺が思った以上に重く、しっかりと胸に抱くようにして持つしかなかっただけだ。

葬儀を終えて、ひとり家に帰った。

蔦を象ったデザインの門扉を開けると庭がある。家も庭も、この近辺ではこぢんまりしている方だが、その点も気に入っていた。広すぎないから、働いている主婦が管理するのにちょうどよい大きさだ。

庭に植えた金木犀が花を咲かせ、香りを放っている。ハーブも種類を増やしたばかりだ。

庭の隅々にまで愛着があった。これからもずっとこの家に住み続けたいと、庭を見渡して、あらためて思った。

家の中は静まり返っていた。これまでも、夫が先に帰宅していることはほとんどなかったから、静かなのはいつもと同じはずだった。だが今日は身体の芯に響くような静けさだ。

夫は帰りが遅いのではなくて、もう帰ってこないのだ。今後は女ひとりで生きていかなければならない。それまで、夫を心の拠り所にした覚えもないのに、心細さがじわじわと襲ってきた。

だが次の瞬間、果てしない自由が目の前に広がった気がした。お金の心配もない、夫に傷つけられることもない、家事だって、いくらでも手を抜いていい。

これほどの解放感は生まれて初めてではないだろうか。学生時代でさえ、ここまで自由ではなかった。勉強やアルバイトや部活で、お金も時間も足りなかった。

今後の自由な生活を想像すると、心に喜びが満ち溢れてきた。この敷地内にある全てが、自分ひとりの物になった。今まで自由に出入りできなかった夫の部屋だって使える。自分の好きなように模様替えもできる。そうだ、夫を思い出すような物は早々に処分してしまおう。

不動産屋に連れられて、初めてこの家を訪れたとき、ひと目見て気に入ったのだった。大学時代に訪れたスイスの可愛らしい家に似ていたからだ。

一階は十八畳のＬＤＫと四畳半の和室があり、二階には洋室が三部屋ある。二階は夫婦の寝室に一部屋を使い、あとの二部屋は夫の書斎と自分の部屋だ。

骨壺はどこに置けばいいのか。リビングの真ん中で、しばし立ち尽くした。

ふと思い立ち、普段はほとんど使っていない一階の和室に入ってみる。座卓の上に無造作に骨壺を置き、ぼんやりと眺めた。不思議なほど、何の感情も湧いてこなかった。

夫への愛情が残っていないことは、ずっと前から自覚していたが、それでもいざ亡くなってみれば、きっと様々な後悔や悲しみが押し寄せるのだろうと思っていた。世間では、「亡くして初めてわかるありがたみ」だとか、「良い思い出しか残っていない」などという妻が多いと聞く。

だが、そんな夫婦は、きっと濃い関係だったのだろう。慈しみ合い、憎しみ合い、励まし合い、罵り合う。そのどれひとつとして、自分たち夫婦にはなかった。

バッグの中からスマートフォンを取り出した。

「もしもし、母さん？」

——なんなんだよ。

母はいきなり怒鳴るような大声で言った。グラスの触れ合う音や演歌が聞こえてくる。

——よりによって、こんな書き入れどきに電話かけてくるなんて。今カウンター席が全部埋まってて忙しいんだ。

「ごめん、母さん」

——さっさと要件だけ言いな。

「堅太郎さんが脳溢血で死んだの。今日お葬式だったのよ」

——は？　冗談だろ？

「本当よ」

電話の向こうの喧騒が突然消えた。母は勝手口から裏通りに出たのだろう。

「母さんたちが忙しいだろうと思って連絡しなかったの」

――全くもう可愛げのない子だねえ。そういうことは死んですぐのときにちゃんと連絡してこなきゃダメじゃないか。

「ごめん」

――知ってたら店を閉めて、お父さんと一緒にそっちに駆けつけたのにさ。少しは娘のことを心配してくれているらしい。

――前にそっちに行ったとき、鰻を食べに連れてってくれただろ。あそこに、もう一回連れてってもらいたいもんだねって、お父さんと話してたところだったのに。

「え？」

――ところでさ、香典はどれくらい入ったんだい？ えっ、まだ開けてないのかい？ 相変わらず欲のない子だねえ。もしもし、夏葉子、聞いてるのかい？ ひとつだけ注意しとくよ。ダンナを亡くした女は世間から甘く見られるから気をつけなよ。

「あっ、誰か来たみたい。母さん、ごめん。また電話する」

嘘を言って電話を切った。

実家の両親を葬儀に呼ばなくて正解だった。夫側の親族の気持ちを逆撫でするようなことを、言わないとも限らない。思い起こせば、結婚前の両家の顔合わせや結婚式のときも、舅と姑には気を遣わせてしまった。実家の母の下卑た冗談にも、姑は無理やり声を出して笑ってくれたものだ。嫁が肩身の狭い思いをしないように。

いったい、どちらが実の母親だかわからない。

2

葬儀が終わった翌日、早朝から出社した。

徹夜したのか、パイプ椅子を並べて、芋虫のように毛布にくるまって寝ているメンバーが三人いる。

「おっ、高瀬さん、来てくれたか」

社長でもある編集長の二階堂が、マグカップを片手に近づいてきた。七十代だがチェックのシャツとジーンズという若々しい格好だ。社内規定には、「ビーチサンダルと短パンは禁止」と書かれているだけなので、全員がカジュアルな服装だ。

「ご愁傷さまでした。大変やったね」

二階堂からこれほど優しい目で見つめられたのは初めてのような気がする。

彼は九州化学研究所を定年退職後、念願だったタウン情報誌の会社を興した。「長崎風土記」は、広告収入だけで賄っているフリーマガジンだ。

「こん三日間、高瀬さんがおらんで、てんてこ舞いやったとよ」

パート主婦がひとり欠けたくらいで大げさな物言いだった。常に仏頂面の二階堂が、親しみのこもった笑顔を向けるうえに、リップサービスまでしてくれる。珍しいこともあるものだ。夏葉子の担当分があるにはあるが、それほど大きな誌面を与えられているわけではない。もしも間に合わなければ、「譲ります・もらいます」のコーナーを大幅に広げて、読者からのリクエストを全て載せてもいいし、二階堂が書き溜めている「お薦めのミステリー小説」の欄を増やしてもいいはずだ。今までも、メンバーが急病になったときなどに、そうやって急遽、誌面を変更したことが何度かあった。

「葬儀の際は、お心遣いありがとうございました」

葬儀にはメンバーの何人かが来てくれて、二階堂からことづかった香典も置いていった。

「参列できんで申し訳なかった。知っての通り、校了が迫っとるもんやから」

「とんでもない。私も今日から頑張りますのでよろしくお願いします」

「精神的にも大変か時期やろうばってん頼むよ」

やはりいつもとは違い、顔つきが柔らかい。

「ところで、今後の生活は大丈夫なのか？」

「はい、まあ、なんとか。夫の両親も気にかけてくれていますし」

「そうか、そいはよかった。でも……ダンナさんの両親といえば、ぶっちゃけ、嫁姑の仲はどうなんだ？」

こういった下世話なことに興味を示すとは思ってもみなかった。勝手な先入観かもしれないが、二階堂は理系の男性にありがちな、俗世間のしがらみには興味がないタイプだと思っていた。

「仲はとてもいいんです。お義母さんは思いやりのある優しい人だし、お義父さんは困ったことがあったら何でも言いに来いって言ってくれるような頼りになる人ですから」

思ったままを言っただけだが、二階堂は今まで見たこともないほど相好を崩した。二階堂から見た自分の好感度がいきなりアップしたのが一目瞭然だった。

「そいば聞いて安心したと。高瀬さんは、良かお嫁さんだ」

「さあ、どうでしょうか」

「向こうのご両親が優しゅうしてくるっとが、そん証拠だよ。世間には舅や姑ば悪く言う嫁が多かよ。でも君は違う。きっと素直で可愛よか嫁ばい」

二階堂は、そう断定した。

いい嫁であることが、年配男性の心を何にも増して、くすぐるのだろうか。

「高瀬さんもつらかやろうけど、こいからも気張ってもらいたいけんの」

慈悲深いような眼差しを向けてくる。

「……はい。今後ともよろしくお願いいたします」

――夫を亡くして悲しみに暮れる女性。

二階堂の目に、自分はそう映っているのだろう。誰しも弱者に対しては優しい気持ちになるということなのか。これからも、その印象を崩さないようにした方がいい。そうすれば、会社での居心地もいいだろうし、このままずっと雇ってもらえるかもしれない。今まで以上に言動には気をつけねば。なにせ、自分ひとりの力で食べていかなくてはならないのだから……。

ここまで打算的な気持ちになったことが、過去にあっただろうか。人間関係をも計算ずくで考えるとは。

またしても、夫の収入に頼って生きてきたことを嫌というほど思い知らされていた。

夏葉子はパソコンに向かい、集中して文章を打ち始めた。先週取材した和菓子屋の記事をまとめるためだ。ほかにも、紅葉シーズンに向けて「知る人ぞ知る紅葉を楽しめるスポット」の記事も書き上げなければならない。

始業時間が近づくにつれ、メンバーたちが出社してきた。

「高瀬さん、大変やったわね」

「ご愁傷さまでした」

みんな口々にお悔みを言ってくれる。

目を伏せて、「ご心配おかけしてすみません」としおらしく応えてみた。


翌日の夜、三沢が家に来た。

玄関先まで出てみると、台車に段ボール箱を三つ載せている。

「会社に残っとった高瀬さんの私物です。机やロッカーの中の文房具や手帳です」

そう言って、玄関先に下ろしていく。

「奥さん、何かありましたら、遠慮なく会社の方へお電話ください。そいでは、こいで」

深々とお辞儀をして帰ろうとする。

「三沢くん、コーヒーでも淹(い)れるよ」と背中に呼びかけた。

「ほんでも……」

「さあ、どうぞ、遠慮(えんりょ)しないで。上がってよ、ほらほら」と畳みかけ、三沢の返事を待たずに、夏葉子はくるりと背を向けて廊下を奥へ進んだ。

「そうですか……そいでは奥さん、ついでにダンナさんの荷物ば部屋に運びましょうか？」

「じゃあ悪いけど、主人の書斎まで運んでくれる？　助かるわ。二階の奥の部屋よ」

「ここに来るの久しぶりですけど、こがん広か間取りでしたっけね。書斎があるなんて本当に羨ましか。僕なんか赤ん坊の夜泣きで夫婦ともども睡眠不足で参っとるんです」

「それは大変ね」

「高瀬さんは以前、よう言っておられたと。部屋数が多いと、夫婦といえどもプライベートが保たれて快適やって」

えっ？　あの人はそんなことを考えていたの？

家庭をほとんど顧みない夫が、狭い社宅を出て家を買うことにだけは積極的だった。それはいつか産まれるかもしれない子供のためでもなく、資産形成のためでもなかったらしい。妻に干渉されない自分だけの部屋が欲しかっただけなのか。もしも2DKの社宅に住み続けていたならば、夫婦関係はもっと違ったものになっていたのだろうか。

人は、死んで初めてどんな人物だったかがわかると聞いたことがある。夫の本当の顔が、今頃になって、少しずつ明らかになっていくような気がした。

三沢が階段を上り下りする足音が、キッチンまで聞こえて来る。

「三箱とも運んでおきました」

息を切らせた三沢が、リビングのドアの所から顔を覗かせた。

「ありがとう。どうぞ、そこに座って」と夏葉子はソファを指さした。

「葬儀んとき、高瀬さんのお母さんは泣き崩れておられましたね。その後どうですか？」

「今も食欲がないらしいの。ちょっと痩せたみたい」

「そいは心配ですね。仲の良か母子でしたもんね。高瀬さんはお母さん思いやったし」

えっ？　あの人って母親思いだったの？

いったい三沢くんは、あの人のどういうところを見てそう感じたの？

思ってもすぐには口に出さない。夫と結婚してから自然と訓練されていった。何を考えているのかまったくわからない夫と一緒にいると、自分が単純で鈍感な人間に思えた。決して尻尾を出さない夫から見たら、単純な妻の扱いなど、赤子の手を捻るように簡単なのではないのか。そう考えて、こちらも言動に用心するようになった。

「そうよねえ、あの人、お母さん思いだったよねえ」と話を合わせてみる。

「ですよね。東京におるときから地元の長崎に帰れるごと、何べんも異動願いば出されとったですもんね。そいも、福岡本店のエリートコースば蹴ってまで」

驚きが顔に出ないようにするのは無理だった。だから、素早く三沢に背を向け、「だよねえ」と声が上ずったのを咳で誤魔化しながら棚に手を伸ばし、コーヒーカップをあれこれ選ぶふりをした。

　転勤が決まったとき、夫は確かこう言ったはずだ。

――急に長崎支店に転勤が決まってしまってね、断われそうにないんだ。

いきなり虚しさに襲われて、全身が金縛りに遭ったように硬直した。

ああ、まずい。じわりじわりと、精神を蝕まれていく予感がする。その感覚は、結婚以来何度も経験してきた不快極まりないものだった。もう夫は死んでしまったのだから、二度と味わわなくて済むと思っていたのに甘かったらしい。

　次の瞬間、ふっと硬直が解けると、今度は羽虫が頬や耳の辺りに執拗にまとわりつくような嫌な感触が走る。それを振り払うように、三沢に背を向けたまま頭を左右に振り、深呼吸した。三沢に尋ねたいことがありすぎた。質問が次々に胸に溢れて気がはやる。

「ねえ、三沢くん、主人が死んだときのことを知りたいのよ」

　思いきり柔らかな笑顔を添えてコーヒーを出した。

　とっくの昔に夫を見限ったと思っていたのに、心の底に棲みついたモヤモヤは、夫が亡くなってから増殖のスピードを上げている。今さら過去のことをほじくり返しても始まらない。だからもう忘れよう。そう何度決心しても、すぐに夫のことで頭がいっぱいになる。生前でさえ、これほど夫のことを考え続けたことはなかったのに。

ねえ、堅太郎さん、あなたは最期まで最低の夫だったよ。妻にモヤモヤを残したまま死んでいくなんて。言いたいことや聞きたいことがあれば、生きているうちにはっきりさせておいた方がいいらしい。今頃それに気づいたところで、どうにもならないのだが。

いや、本当は気づいていた。言えなかっただけだ。夫の背中は常に「何も聞いてくれるな」と語っていたし、夫婦の間には見えない壁があった。

もっと鈍感になって生きていこうと思う日もある。それなのに、日を追うごとに感情がどんどん研ぎ澄まされていく。

「このコーヒー、美味(おい)しいのよ」

「どうもすんません。いただきます」

三沢は会釈してカップを自分の方へ引き寄せた。

「三沢くん、あの夜、何があったか教えてくれない？」

「そがん言われても、僕もようわからんとです」

「もう大丈夫だってば。主人は死んじゃったんだもの。私のことなら心配しないで。今さら何を聞いてもどうってことないんだから」

明るい調子で言い、目に茶目っ気さえ添えてみせた。そうすれば、きっと三沢も気が緩(ゆる)むだろうと思ったのに、三沢は眉根を寄せたままだ。

仕方がない。質問攻めにするか。たぶんこの男は嘘をつけないタイプだろうから、イエスかノーかで答えさせるのがいい。返事をしなかったらイエスということだ。

「仕事でホテルに泊まったなんて嘘でしょう?」

「それは、この前も言った通りで……」

「だったら労災認定が下りるわね」

「いや、会社の命令やなかけん、そいは無理です」

「主人が倒れたとき、三沢くんの携帯に電話があったんだよね?」

「そうです」

「女からの電話だったんでしょ?」

「いえ、高瀬さん本人でした。苦しいからすぐに来てくれって」

「嘘つかないでよ。水商売の女の人なんじゃないの? キャバクラとか風俗とか?」

仮にそうであっても、もう全然気にしていないという風に、ハハッと朗らかに笑ってみせた。

「本当に違います」

「あっ、そうか。会社の若い女の子なんだ」とあっけらかんと言ってみた。

「違いますってば」

なかなか口を割らない。

「奥さん、あのう……高瀬さんの親御さんには何と言って説明されとぉんやろうか」

「ホテルで仕事をしている最中に倒れたって言っといたわ」

「そうやったですか」

三沢の頰が少し緩んだ。妻より母親に知られる方が心配らしい。

「私が救急病院にかけつけたとき、三沢くんしかいなかったよね」

「はい」

「女性は先に帰したの？　ずいぶん薄情な女の人ね」

「やけん何度も言うごと、ホテルの部屋には高瀬さん以外、誰もおらんやった。ノックしても返事がなかけん、フロントの人と一緒に部屋に入ったとです」

三沢にしては珍しく語気が強い。どうやら嘘ではなさそうだ。

「でも、私には東京出張だと言ったのよ。三沢くん、この際だから、もう何もかも話してちょうだいよ」

「そげんこと言われても、これ以上は何も知らんのです。本当です。そいよりも、あれほど誠実な高瀬さんが東京出張と嘘をついたなんて信じられません。聞きまちがいやなかと？」

そう言うと、三沢は立ち上がった。

「もう遅かやけん、失礼します」

怒ったのか、一気にコーヒーを飲み干して帰っていった。


次の休日は、夫の実家に出向いた。

姑の美哉（みや）から電話があり、仏壇のことで相談があるということだった。

夫の実家はどっしりとした純和風建築で、広い日本庭園もあり、池には鯉が泳いでいる。

「呼び出してごめんなさいね」

姑は和服姿だった。美しい地紋の、光沢のある綸子（りんず）の着物だ。白地の帯には、赤紫の菊が描かれている。細身で背が高いこともあり、なんとも美しい。

「素敵ですね」

「ありがとう。朝子さんに叱られたのよ。『いつまでも泣いてないで、しゃんとしなさい』って」

お節介な朝子なら言いそうなことだ。

「美容院にも行ったの。エステにも行って、顔のマッサージもしてもらったわ」

「どうりでお肌がつるつるできれいですよ」

「気分も少しはマシになったの。帯を締めると身体がシャキッとするみたい」

「それはよかったです」

それにしても、実家の母と比べてなんという違いだろうか。

実家の母は、上下ともにスウェットというのが定番だ。服装選びの最大のポイントは「動きやすい」ことらしく、次に「安くて長持ち」が重要だ。母が着物を着ている姿など、ただの一度も見たことがない。立ち居振る舞いも言葉遣いもガサツだ。手入れが要らないという理由で髪を刈り上げているから、後ろ姿だけを見ると、まるで不良の男子高校生だ。

子供の頃から、実家の母と歩いているところを友だちに見られるのが恥ずかしかった。それに比べ、義理とはいえ、美しく上品な姑の娘であることが誇らしかった。

広いリビングは、いつも通り掃除が行き届いていた。

舅は午後から県庁時代のOB会に出かけたとかで留守だった。

「お父さんとお仏壇を見に行ったの。そしたら、とてもいいのがあってね」

姑は、和菓子を添えて煎茶を出してくれた。

「夏葉子さんに相談しないで決めるわけにもいかないから、その日はいったん帰ってきたの。今度一緒に見に行きましょうね」

「私には、どういうのがいいお仏壇なのかなんてわかりません。ですから、お義父さんとお義母さんで決めていただけると助かるんですが」

本当は仕事が忙しくて、仏壇などどうでもよかった。

もっと正直に言えば、仏壇を買わなければいけないという考えさえ、実は頭になかった。

「夏葉子さんがそう言ってくれるなら、そうさせてもらおうかしら。代金はうちで持つから心配しないでね」

「まさか、お義母さん、それは、いくらなんでも……」

「いいのよ。夏葉子さんに、そんな大金を出させたりしたら、主人に叱られちゃうわ」

「……そうですか。それではお言葉に甘えさせていただきます。ありがとうございます」

「届けてもらうのは、次の日曜日でいいかしら。夏葉子さんの都合はどう？」

「私の都合、ですか？　私もその場にいないとまずいですか？」

「もしかして日曜日もお仕事なの？　だったら私とお父さんで、そちらに伺って、仏壇が届くのを待っていてもいいわよ。お宅の合鍵を持っているから」

以前から、何かあったときのためにと、互いの家の鍵を持っている。

ここで初めて気がついた。仏壇は夫の実家ではなくて、自分の家に置くのだと。

途端に嫌な気持ちになった。あの赤煉瓦の可愛らしい家に仏壇なんて要らない。

「えっと、今度の日曜日ですよね、私の予定は……」

急いでスマホを見て、スケジュールを確認するふりをした。

「あ、大丈夫です。その日は家にいますので」

「そう、じゃあ受け取りをお願いね」

「本当に何から何までありがとうございました」

あらためて礼を言った。葬儀の手配にしても、すべて夫側の親族で取り仕切ってくれたのだった。そのうえ仏壇も買ってくれるという。自分は葬儀や仏壇に関する知識もないし、不慣れなので、本当に助かっていた。そして何より、独り身となった今では、なるべくなら預金を減らしたくないので嬉しかった。

だけど、やっぱり……あの素敵な家に仏壇なんか似合わない。

「夏葉子さん、実はね……」

姑が言いにくそうに目を逸らすなんて、珍しいことだった。

「何でしょうか？」

「変な噂を聞いたのよ。夏葉子さんのところに男の人が出入りしてるって」

「は？」

考えてみるが、思い当たらない。

「嫌なことを言ってごめんなさいね。堅太郎が亡くなったばかりなのに不謹慎だってわざわざ言いにくる人がいてね、ほんと、お節介よね」

「あっ、もしかして三沢くんじゃないですか？　堅太郎さんの会社の荷物を持ってきてくれたんです」

「なんだ、三沢くんだったの。やだわ」と美哉は朗らかに笑った。

笑顔が出るからと言って、悲しみから立ち直ったわけではないことは、寂しげな表情からも明らかだった。

三沢の母親は、姑の行きつけの宝飾店に勤めている。その関係なのか、姑も何度か三沢に会ったことがあると聞いていた。

それにしても、あちこちに知り合いの目があるのは鬱陶しい。三沢が出入りするところを目にした誰かが、わざわざ姑に報告したらしい。とはいえ、姑の気持ちもわかる気がした。最愛の息子が死んで数日しか経っていないのに、早くも嫁に恋人ができたとなると、息子が忘れ去られたような気になり悲しくなって当然だ。それとも、生前から不倫していたと疑ったのだろうか。

自慢の息子を亡くした悲しみは、きっと癒えることなどないのだろう。自分には子供がいないから、悲しみを本当に理解することは難しい。だからこそ、姑の前では口が裂けても夫を悪く言うのは許されないことだと肝に銘じていた。心根の優しい姑を傷つけたくなかった。


次の日曜日のことだった。

玄関先に出てみると、配送業者の男性が二人立っていた。

「奥さん、どこに置きましょう?」

見ると、大型サイズの台車の上に、男性たちの身長より高い段ボールが載っている。

「えっと……まさか、それが仏壇なの?」

「はい、そうですが」

これほど大きいとは思っていなかった。整理箪笥の上にちょこんと置ける小ぶりな物を思い描いていた。いわゆるマンションサイズとか団地サイズとかいう仏壇だ。だから昨夜、箪笥の上を片づけて、埃を払い、雑巾で丁寧に拭いておいたのだ。

しかし、マンション住まいでもないのに、なぜ自分は小ぶりな物だと頭から決めつけていたのだろう。もしかして、自分は夫の死を軽く見ているのだろうか。人ひとりが死んだというのに……。

いや、今さらきれいごとを言って何になる。自分に嘘をついたって何の意味もない。自分は今、大きすぎる仏壇をはっきりと迷惑に思っている。

だって、この家は自分にとって宝物のような棲(す)み処(か)なのだ。ベランダからは海に沈む夕陽も見える。それなのに、大きくて暗い塊がデンと据え置かれてしまう。大きいだけではない。それは自分の心の中のモヤモヤを増殖させる。悔しさや屈辱で内臓を食い荒らし、胃痛を引き起こしてしまう怪物なのだ。

「それでは……こっちの部屋にお願いします」

仕方なく、一階奥の和室へ案内した。

仏壇の重さで畳が凹(へこ)む。庭に面して大きな掃き出し窓のある明るい部屋なのに、巨大な仏壇の圧迫感で雰囲気が台無しになった。畳の上で昼寝するのが楽しみだったのに、今後はそんな気分にはなれないだろう。和室はひとつだけしかないのに残念だ。

配送業者が帰っていってから、すぐに襖(ふすま)を閉めた。これでリビングからは見えなくなったが、今まで開けっ放しだったから、リビングが狭くなったように感じられる。

夫が死んで仏壇を置く。そんなのは、どこの家でも当たり前のことだ。神経質になって嫌悪さえ感じている自分の方が間違っている。どう考えても、変なのは自分の方だ。

仕方がない。今しばらくは我慢するか。

え？　今しばらくって？

まるで、そのうち誰かが引き取りにくるか、消えてなくなるような錯覚に陥っていた。

いったい仏壇はいつまで和室に鎮座し続けるのか。

いつまでって……ずっとこの家にあるに決まってるじゃないの。

そして、そう遠くない将来、舅と姑の位牌もここに並べることになる。そして義姉も入る。ということは、自分は舅姑と義姉の最期を看取らなければならないのか。

——そんなの結婚する前からわかっていたことでしょう。

もうひとりの冷めた自分がつぶやいた気がした。

先が見通せる人生に安定を感じる人もいるだろうが、自分には監獄のように思われる。

——自由になりたい。

唐突にそう思った。

いったい何を言ってるの、自分。今の自分は、十二分に自由でしょう。

日々の生活は誰にも束縛されていない。夫の食事さえも用意しなくてよくなった。一日二十四時間全部が自分の時間だ。そのうえ、お金に困っているわけでもない。

子供の頃から、そして結婚してからも、孤独に馴らされてきた。だから今さら寂しさを感じることもない。つまり、このうえなく快適な暮らしのはず。

それなのに、仏壇くらいのことで、ここまで気持ちが塞ぐとは……。

この大きな暗い塊を、夫の実家に置いてもらうわけにはいかないのだろうか。

3

――お線香を上げさせてください。

その優しそうな一言が、まるで他人の家に自由に出入りできるチケットであるかのようだった。

葬儀が終わって一週間ほど経った頃から、様々な人が家に出入りするようになった。舅や姑だけならまだしも、今まで冠婚葬祭ぐらいでしか会ったことのない夫側の親族たちも押し寄せる。

――こげん可愛らしか家に住んどったか。

――二階はどげんなっとうと？

そう言って階段下から二階を見上げられると、二階に案内しないわけにはいかなくなった。そして、彼らはどの部屋もじっくりと見てまわる。まるで見学ツアーのようだった。

特に、その日は最悪だった。

次号の締め切りを全社一丸——といっても九人しかいないが——となって乗り越え、久しぶりに早めに帰宅できた日だった。頑張った自分へのご褒美として、帰りに持ち帰り寿司店で、握りの上と赤だしのカップみそ汁を買い、その隣のコンビニで新発売のプリンを買って帰った。

「夏葉子さん、お帰りなさい」

ドアを開けた途端、奥の方から姑の声が聞こえてきた。

自分の留守中に、勝手に鍵を開けて入ったらしい。女性たちが談笑する声も漏れてくる。親戚の女性陣を引き連れてやってきたのだろうか。玄関に立ったまま、急いでスマホを見るが、前もって姑から連絡があった形跡はない。

ついさっきまで仕事の達成感をしみじみと味わっていたのに、いっぺんに台無しになった。のろのろと靴を脱ぎ、玄関横の鏡を見ながら髪を手櫛(てぐし)でゆっくり整える。愛想笑いがうまくできるだろうか。ふとした拍子に、不機嫌さをさらけ出してしまいそうだった。

恐る恐るリビングのドアを開けると、何人もの目が一斉にこちらへ集中した。姑以外は見たことのない女性ばかりだった。親戚ではなかった。

「夏葉子さん、遅かったわね」

まだ八時前だった。それでも主婦感覚としては遅いのだろう。六時前には夕飯の支度を整える生活を何十年もしていれば無理もない。それはわかる。そして、他意がないことも知っている。だが、いちいち心に棘が突き刺さる。

私が何時に帰宅しようが勝手じゃないのっ。そう大声で叫びたくなる。

「お義母さん、こちらの方たちは?」

五十代から七十代と見える女性が四人もいた。ソファに座り、紅茶を飲んでいる。何年か前に迷いに迷った末、奮発して買ったお気に入りのティーカップが使われていた。

「こちらは日本画教室のお仲間でね、長いおつき合いなの。みなさん堅太郎にお線香を上げたいっておっしゃってくださって」

「それはどうも……ありがとうございます」

うまく笑顔が作れなかった。そのとき、四人のうちでいちばん若いと思われる、五十歳前後と見える女性の顔が強張った。

「もしかして私たちがここにお邪魔すっこと、お嫁さんには知らせとらんやったと?」

その女性は、そう言うなり、そわそわと帰り支度を始めた。だが、他の三人は何も感じていないのか、ソファに沈み込むように座って寛いだままだ。

「何度もここに電話したんだけど出ないんだもの。それに、母親なら息子に会いたいと思って当然でしょう。もう骨に……なっちゃったけどね」

姑はハンカチで目を押さえた。

「高瀬さん、気ぃば落とさんで」

姑と同年配の女性が背中をさする。

「しっかりしたお嫁さんがおってくれてよかったじゃなかね」

「羨ましかよ。うちのなんか、四十歳ば過ぎとるとに、いまだに独身ばい」

夏葉子は姑たちに背中を向け、サイドボードの上の雑誌を片づけるふりをした。どこで何をしていいかわからなかった。いつもならテレビを見ながら食事をするのだが、今日は居場所さえなかった。三人掛けのソファの左端は、自分の指定席である。だが、そこには知らない女性が我が物顔で座っている。

「お宅のお嬢さんは独身とは言っても、市役所にお勤めの公務員でしょう。安心じゃないの。うちには弓子がいるのよ。あの子はますます引きこもってしまって……」

「でも、高瀬さんには優しかお嫁さんがおってくれるんだもの」

「そうばい。大丈夫よ」

「弓子ちゃんも安心やね」

嫁がいるから、義姉の弓子の行く末まで安心で大丈夫とは、どういう意味だろう。いつの日か舅と姑が死んだら、そのあと義姉の面倒は長男の嫁が見て当然ということなのか。

「タウン情報誌の『長崎風土記』にお勤めなんやってね」

仕方なく振り向き、「ええ、そうです」と愛想よく答えた。

「すごかね。聡明な証拠たい」

夏葉子が答える前に、「そんなことないわよ」と姑が苦笑まじりに言った。「だって単なるパートだもの。使いっ走りみたいなものよ」

身内をこき下ろしてみせる。それは謙遜の表われで、日本人の美徳だということはわかっている。自分が生まれ育った東京では、そういった風習はとっくに廃れているが、地方ではまだまだ残っていることも知っている。この地に住むようになってから、こういう場面に出くわすことが増えたが、いまだに慣れることができないでいた。いつもは上品な姑に憧れているが、こうした物言いをされるときは、東京育ちの自分は直球で傷ついてしまう。

「あそこは筆記試験が難しゅうて、パートでんなかなか受からんて聞いとると」

「私も聞いたことあるばい。記事ば書くから文章力が求められるっと」

「小さな会社だけど、なんせ社長が九大出のインテリだけんね」

「あらら、お世辞ばっかり。あんな小さな会社のパートなんか誰にでもできるわよ」と、一度も働いたことのない姑が笑っている。

「すんません、紅茶、もう一杯よか？　なんか喉が渇いてしもうて」

姑と同年配の女性が、姑の方を見て尋ねた。

「すぐに淹れますので」

夏葉子がキッチンに向かいかけると、姑は「私がやるからいいわ」と言って立ち上がった。勝手知ったるとばかりに台所に入り、「みなさんもお代わりなさる？」と尋ねている。

呆気に取られて見ていると、「夏葉子さん、会社から帰ったばかりで疲れてるでしょう。着替えてきたらどう？」と姑が言う。

「そうですか。それじゃあ……遠慮なく着替えさせてもらいます」

ここはいったい誰の家なのだ。

「よかねえ、優しいお姑さんでお嫁さんも幸せばい」

「うちの姑なんて、私に気ば遣ってくれたことなんて最期までいっぺんもなかったよ」

呑気なおしゃべりを背中で聞きながら、夏葉子は階段を上り、二階の自分の部屋に入ってすぐにドアを閉めた。あんなに空腹だったのに、食欲がなくなっていた。それどころか、胃がしくしく痛み出した。夫が生きているときには、こんなことは一度もなかった。姑が連絡もなく家に入ってくることも、ましてや勝手に知り合いを連れてくるなんて。

——ダンナを亡くした女は世間から甘く見られるから気をつけなよ。

実家の母は、電話でそう言った。

そのときは、なんと時代錯誤なことを言うのかと苦笑いしたが、母の言う通りだった。

スポーツジムに来るのは、夫が亡くなって以来だった。

窓際にずらりと並んだランニングマシンに福永千亜希（ふくながちあき）がいた。その後ろ姿を認めただけで、これほど心が安らぐことに、夏葉子は自分でも驚いていた。

千亜希は長崎生まれの長崎育ちだ。長崎のことをよく知らない自分に、何かと気遣って親切にしてくれた。どこのスーパーが新鮮だとか、どこのちゃんぽんが美味しいとかを教えてくれたのも千亜希だ。

その頃の夫は、口を開けば「忙しい」の一点張りだった。東京を離れれば夫の残業も減って少しは家庭的になってくれるのではと期待していたのに、見事に裏切られ、それどころかいっそう帰りが遅くなっていた。家から会社まではタクシーでワンメーターの距離だったこともあり、東京に住んでいた頃とは違い、終電さえ気にしなくなった。

そんな孤独で虚しい日々の中、千亜希の優しさは骨身に沁みた。

千亜希がマシンを降りて振り返り、こちらに気がついた。首にかけたタオルで、額に浮き出た玉のような汗を拭きながら、駆け寄ってくる。

「夏葉子さん、大変やったね。ご愁傷さまでした」

「ありがとう。ご心配おかけしました。ねえ、千亜希さん、帰りにお茶できる？」

「うん、もちろん、それはよかけど……そいより、夏葉子さんは大丈夫ね？」

心の立ち直り具合を探ろうとでもするかのように、心配そうにじっと見つめてくる。

「もしも帰りにお茶できんなら、死んでしまうかもて顔ばしとる」

「聞いてもらいたいことが山のようにあるのよ」

「わかった。何時間でんつき合う。うちのお殿様は今夜も部活で遅くなるから」

千亜希はいつも皮肉を込めて、夫のことを「お殿様」と呼ぶ。夫は高校の社会科教師だが、千亜希に言わせれば、柔道部の顧問が本業だと苦笑する。それほど部活動に力を入れていて、一年三百六十五日、ほとんど休日はないらしい。千亜希自身も三十代半ばまでは中学の国語教師をしていたが、舅の介護と子育てが重なり、やむなく仕事を辞めたという。今年の春、ひとり息子は京都の大学に進学したので、今は夫婦二人暮らしだ。

千亜希は夏葉子より二歳上なだけだが、思慮深くて頼りになる存在だった。

三十分ほどスポーツジムで汗を流したあと、二人でデパートに寄っておつまみを買い、夏葉子の家へ向かった。千亜希は、カフェやレストランでおしゃべりするのを嫌がった。どこに生徒の保護者の目があるかわからないという。

自宅に着くと、デパートの惣菜を皿に移し替えてレンジで温め、お茶を用意した。

「いつ来ても家の中はきれいかね。感心するよ」

夫は寝に帰るだけだったたし、子供がいないから、家の中が散らかることがなかった。

「千亜希さん、いつもごめんね。愚痴につき合わせちゃって」

「私は夏葉子さんとおしゃべりすっことだけが楽しみなの。よそでは発散できんから」

千亜希にしても、夏葉子だけが本音を言える相手らしかった。夏葉子は地元の人間ではないし、子供もいないので、教師や保護者との繋がりがない。だから気が楽だという。

「ところで、聞いてほしかことって何ね？」

長崎名物のハトシを頬張りながら、千亜希が尋ねた。ハトシとは、食パンに海老などのすり身を挟んで油で揚げた料理だ。夏葉子も長崎に住むようになってから好きになった。

「実はね……」

夏葉子は、最近になってたくさんの人が家に出入りし始めたことを話した。

「お線香を上げに来てくれる人を嫌がるなんて、私が神経質すぎるのかなあ」

「そげんことなかよ。知らん人に家の中に入らるっとは誰でん嫌だよ」

「でも最近は、舅や姑が来るのでさえ嫌になったの」

「そん気持ちわかる。私も何回か経験あると。うちのお殿様の親が生きとった頃は、マンションの頭金ば出してくれたこともあって、まるで我が家んごと勝手に出入りしとったもん。そんうえ毎月のローンも自分の息子が払っとるわけだけん、要は、嫁はタダで住んどると思っとったごたる」

「どこの家でもそんなものなのかなあ……それにしても、未亡人って嫌な言葉ね。未だに亡くなっていない人っていう意味だよね。夫が死んでも、尚おめおめと生き残っていやがるってことでしょう?」

「確かに他人が言うたら失礼な言葉だけど、本来は自称で謙遜語っちゅう説もあるとよ。昔ん中国では、夫が死んだら妻は後ば追って殉死すべきっちゅう儒教文化に支配されとった。そん時代の、『恥ずかしながら生きながらえさせてもろうとります』てな意味合いば込めとったわけたい。だけん、後追い自殺せんでもすむ免罪符のごたる言葉やけん、家父長制度ん中で、おなごが生き延びるための、したたかな言い方とみることもでくっとよ」

「千亜希さんてすごい。さすがに元国語の教師だね」

「そいより夏葉子さん、スポーツジムは今後も続けらるっと？」

「もちろんよ。でもどうしてそんなこと聞くの？」

「ダンナさんが亡くなると、経済的に大変じゃなかかと思って」

「贅沢しなければなんとかなりそうよ」

「だけんが、住宅ローンが定年したあともあるって、前に言うとったとやろ？」

「それは大丈夫なの。団信に入ってたから」

「えっ、もしかして、住宅ローンはチャラになったと？」

一瞬にして千亜希の顔が強張った。「そのうえに生命保険金も入ってきたとか？」

「まあね。でも大した額じゃないよ。子供がいないから小さい保険なの」

千亜希の箸が止まった。テーブルの一点をじっと見つめている。

「羨ましか……」

そう言うと、ハッとしたようにこちらを見た。「あ、ごめん。私ったらなんてこと言うとっと。羨ましかなんて。ご主人様が亡くなったっていうとに不謹慎にもほどがあると」

「いいよ、今さら、そんなこと言わないでよ」

今まで互いに夫への不満をぶちまけてきた仲だ。互いの家庭の事情はよくわかっている。

「それより千亜希さん、なんだか今日は真剣な顔してるよ。何かあったの？」

「うん、この前ん日曜日にね、例によって柔道部の部員たちば突然家に連れてきたとよ。『夕飯ばご馳走（ちそう）してやってくれ』って、あの威張った物言い、今思い出しても腹ん立つ。『前もって連絡してちょうだい』って、結婚以来いったい何回言ってきたと思う？　数えきれんよ。私は何も、一週間も前から言ってほしかと言っとるわけじゃなか。最低でん試合会場ば出る前に電話してほしか。私の言うことなんか全然耳ば傾けてくれん」

そのことなら、今までにも何度も聞かされている。いつなんどき生徒たちを引き連れてくるかもしれないので、気が抜けない。それに備えて冷蔵庫の中は常に食材がぎっしりと詰まっているが、食材費やジュース代も自腹だから負担が重いらしい。

「私のこと、まるでお手伝いさんのごと勘違いしとっと。体調の悪か日もあるとにね、そがんときでん、生徒らに笑顔ば向けんわけにもいかんやろう？」

それも耳にタコができるほど聞いた。だが、今回はいつもより深刻そうな顔をしている。何かあったのだろうか。聞きたい気もしたが、千亜希から言い出すまでは、踏み込んだことを尋ねるわけにもいかない。

「夏葉子さん、今の心境はどがん？　ご主人が亡くなって悲しかと？」

「ここのところ、お通夜やお葬式で忙しくしてたけど、それが終わってひとりになれば、悲しみが一気に襲ってくるかもって思ってた。でも……やっぱりそうはならなかった。もうずっと前から夫婦としてダメだったんだと思う」

「そうか……。いつかうちのお殿様が亡くなったとき、私も泣かない気がする」

「それはないでしょう」

「あら、なして？」

「千亜希さんのところは、仲がいい悪いは別として、助け合って暮らしているもの」

実家の両親と同じで、夫婦が互いになくてはならない存在だ。子供の頃は、年がら年中喧嘩している両親が嫌だったが、今になって考えてみると、自分たち夫婦と比べたらずっと人間臭くて関わりが濃い。自分と夫のように、喧嘩もしない、会話も少ない、顔を合わせる時間も短い、そんな夫婦は本物じゃないと思う。

「私ら、助け合うてなんかおらんよ」

「千亜希さんは陰で柔道部を支えてるじゃない。嫌な顔ひとつせずに生徒たちをもてなして、それこそ内助の功ってものよ」

「そいは、亭主に食わせてもらっとる引け目から来るもんたい。生徒の夕飯ば作るとは私の仕事の一環て思おてやっとる。そいじゃなきゃあ、生徒の前で嫌な気持ちが顔に出てしまうもん。ただでさえ少なか給料からの持ち出しなんだから」

「だけど、やっぱりうちと比べたら夫婦らしい夫婦だと思うよ」

「そがんことなかよ」

千亜希は不満そうな顔のままだ。

「うちなんて、精神的な結びつきが希薄な他人同士みたいな夫婦だったよ。それなのに、亡くなったあとに夫側の親族に包囲されてしまうなんて想像もしていなかった。夫が生きているときでさえ、これほど高瀬家の嫁という立場を強く認識させられたことはないもの。なんだか複雑な気持ちだよ」

「嫌なことは嫌と、はっきり言うしかなかとよ」

「それはそうかもしれないけど、普通は言えないでしょう」

「言わんといつまでも解決せんよ」

「例えばどういう風に言うの？」

「簡単なことたい。『留守のときに、家に勝手に入るとはやめてくれんね』って」

「やっぱりそう言うしかないか……でも勇気いるよねえ」

「確かに勇気はいる。わざわざ口に出さんとわからんような類いの人種だもんね。でもお宅のお姑さん、すごう上品で優しそうに見えたとに」

「いい人であることには間違いないよ。今まで一度だって意地悪されたことなんかないし、実家の母とは段違いに上品で優しいし」

「そがん人でも嫁のプライベートに対する配慮がなかとね。世代の違いなんかな」

「たぶんね」

「だけん、お姑さんの出入りは、まだよかよ。そいよりも、知らん人が出入りするのは気をつけんといかん。うちの場合は、舅の葬儀に参列できんやった知り合いは、香典や線香ば郵送してきたよ。わざわざ家にまで来る人はほんの数人やったけど、そいでん迷惑やった。特に私は、実家も自分自身もクリスチャンだけん、心の中で祈ってくれるだけで十分ていう考えだもん。『線香ば上げさせてくれ』の一言で、夫の留守宅に知らん男が上がり込んでくるわけやろう。なんか怖かったわ。当時は今より若うて多少はきれかやったけんね。警戒したよ」

「わかる、わかる。私みたいに若くもきれいでもなくても警戒するもん」

「女の人が来るのも嫌やったと。当時は子供のおもちゃや絵本がいっぱいで、片づけても片づけても、すぐに子供が散らかしてしもうて足の踏み場もなかったけん。見らるっとが嫌やった」

「それでも、千亜希さんは我慢して家に上げたんでしょう?」

「そいは最初だけ。途中で方針ば変えたと。仏前に報告すっけんって言って、玄関先で断わることにした」

「へえ、すごい。それで? すぐに帰ってくれた?」

「まあね。でもあとで、あんがた嫁は常識がなかと言いふらされたとよ。でも、そいも四十九日までの辛抱ばい」

「それ、どういう意味?」

「四十九日に納骨してしもうたら、『お墓の方に参ってくれんね』で済むじゃなか」

「よかったあ。『お線香を上げさせてください』が一生続くのかと思ってたよ」

目の前の霧がパッと晴れた思いだった。


久しぶりにひとりで映画を見に行った。

その帰りに雑誌を買い、甘味喫茶であんみつを食べながら読んだ。

溜まりに溜まったストレスを解消するため、その休日は自分の好きなことしかしないと決めていた。洗濯も掃除もしない。誰かが突然「線香を上げ」に来るかもしれないから、家にはいないようにした。

路面電車に乗って自宅へ向かう。最寄りの駅で降り、坂を上る。もう外は暗い。

帰りたくない……そんなことを思ったのは初めてだった。赤煉瓦の可愛らしい自慢の家なのに、他人に侵食されるようになってから、心から寛ぐことができなくなっている。

いったん家の前を通り過ぎてから振り返る。そしてじっくり観察する。今日はどの部屋にも明かりが点いていない。大丈夫だ。安堵の溜め息をついた。朝から長い時間外出していたので疲れていた。一刻も早くリビングのソファでごろんと横になりたい。

玄関の鍵を開けて中に入り、電気を点けた。

えっ？

見慣れないパンプスがあった。自分のより小ぶりだ。

姑が来ているのだろうか。だが、どの部屋も電気が点いていなかったはずだ。

リビングに入って明かりを点けてみたが、やはり誰もいなかった。リビングを横切り、和室の襖を開けてみた。窓から街灯の光が差し込んでいるが、誰もいない。

そのとき、どこからともなく、啜り泣きのような音が聞こえてきた気がした。霊やオカルトなどを信じているわけではないが、ぞわりと両腕に鳥肌が立った。

リビングの真ん中で立ち止まり、息を止めて耳を澄ませた。

二階だ。二階に誰かいる。

間違いなく姑だろう。そうは思うが、念のためにスマホを出して、いざというときには、すぐさま110番に連絡できるように、電話のキーパッド画面を表示しておいた。そっとスリッパを脱ぎ、音をさせないよう和室の掃き出し窓を全開にした。そして玄関まで戻ると、玄関ドアも全開にし、ドアストッパーで固定した。

抜き足差し足で階段を上る。二階は三部屋ある。啜り泣きは階段から最も遠い部屋から聞こえてきた。夫の書斎だ。近づくにつれ、啜り泣きが大きくなってくる。思い切ってドアを開けると同時に、ドア横にある電灯のスイッチを入れた。

部屋の真ん中に誰かが蹲(うずくま)っている。

「お義母さん?」

顔を上げてこちらを見たのは、やはり姑だった。夫のセーターに顔を埋(うず)めて泣いていた。

「ごめん……なさい。いつの間にか夜になってしまったのね」

明るい時刻からずっとここにいたらしい。

「本当にごめんなさい、勝手に二階にまで上がり込んで」

わかっているなら今後は絶対にやめてくださいね、とはとてもじゃないが言える雰囲気ではなかった。

「堅太郎の匂いが懐かしくなってしまってね。また来てもいいかしら」

「……ええ、もちろん、それは……いつでも」

「本当？　堅太郎に会いたくなったらいつでも来ていいの？」

姑が縋るような目を向ける。

「それは……もちろんですよ」

「ありがとう。優しいお嫁さんでよかった」

いきなり息苦しくなった気がした。まるで空気が薄くなったみたいだ。

「夏葉子さんも、堅太郎を思い出すとつらいでしょう」

「ええ、それは、まあ」

「その気持ちは痛いほど伝わってくるわ。だって堅太郎の部屋をそのままにしてあるんだもの。片づけるのが忍びないのね」

姑が、慈悲深いような眼差しでこちらを見る。

三沢が、会社から荷物を運んできてくれて以来、夫の部屋には足を踏み入れていなかった。夫を感じさせるものは早々に処分してしまいたいのだが、手に取ってみるのさえ怖かった。そこには自分の知らない夫の顔がいくつもある。まるで、ガラスの破片の中に、自分の心を投じるようなものだ。きっとズタズタになる。三沢が持ってきた段ボール箱も、できることなら開けずにそのまま捨ててしまいたかった。

「お義母さん、よかったらそのセーター、家に持って帰っていただいても結構ですよ」

「本当に？　でもそれじゃあ夏葉子さんに悪いわ」

「私に遠慮しないでください。スーツでもパジャマでも、堅太郎さんの物なら何でも持って帰っていただいてかまわないんですよ」

「……嬉しい」

そう言って、姑はセーターを愛おしそうに抱きしめた。

あっ、そうか。姑に全部引き取ってもらえばいいじゃないの。そうだ、そうよ。仏壇も遺品も。そうすれば一石二鳥だ。どうして今まで、こんな単純なことを思いつかなかったのだろう。

「お義母さん、仏壇をお義母さんの家に移動させたらどうでしょうか」

姑が怪訝(けげん)そうな目を向ける。

「お義母さんの家にお位牌があった方が、いつでもお参りできて便利でしょう。あの世で堅太郎さんも喜ぶんじゃないですか？　私は昼間は仕事で家にいないですし」

「そうはいかないわ。夏葉子さんというちゃんとした妻がいるんだもの」

「私はかまいませんよ。うん、そうしましょう。それがいいです」

「それはダメよ。嫁から息子を取り上げた鬼のような姑だって言われてしまうわ」

「世間なんて関係ないじゃないですか」

「東京育ちの夏葉子さんにはわからないかもしれないけど、田舎の人は口うるさいのよ」

姑は涙を拭いて立ち上がった。「そろそろ帰らなきゃ」


姑を車で家に送り届けて、再び家に戻ってきた。

疲労感が倍増していた。それでもなんとか気を取り直して、リビングでお茶を淹れていると、玄関チャイムが鳴った。

「どちら様でしょうか」

インターフォンの画像を見るが、その老人には見覚えがなかった。

――川上(かわかみ)と申します。生前、ご主人様にお世話になった者やけんが。

玄関先に出てみると、グレーの背広の上下を着た男性が立っていた。

「お線香ば上げさせていただきたいと思いまして」

舅と同世代だろうか。きちんとネクタイを締めていて、ひょろりと背が高い。柔和な微笑みを浮かべている。見知らぬ人物だったが、夫と知り合いだったと言われたら断わりにくい。それよりも何よりも、断わられるとは夢にも思っていないような、澄んだ目で見つめてくる。

「それは……ご丁寧にありがとうございます。こちらへどうぞ」

廊下を先に行くと、老人は足を引きずるようにしてついてくる。腰を痛めたのか手を当てている。普段は杖（つえ）をついて歩くのかもしれない。

ＬＤＫを通り抜けたところに和室がある。だから和室に案内する途中、台所もリビングも丸見えになる。今まで気に入っていたはずの開放的な間取りが、まさか裏目に出る日が来るとは思いもしなかった。和室が玄関脇にあればどんなに良かっただろう。そしたら和室以外はどこも見られずに済んだのに。とはいえ、この老人は男性だから、主婦とは違って他人の家の中のこまごましたものなど興味はないだろう。そう踏んでいたのに、老人は無遠慮に部屋の中をじろじろと見渡している。

老人は仏壇の前に正座すると、線香を上げて手を合わせた。見ると、数珠を持っていない。拝む姿を背後からしばらく見守ってから、台所に引っ込んでお茶を淹れ、和菓子を添えて和室へ引き返した。次々に人が訪れるので、上等の煎茶を買ってある。気の利かない嫁だ、常識のない嫁だと、陰口を叩（たた）かれるのが面倒だったからだ。

「粗茶ですが、どうぞお召し上がりください」

老人はうまそうに茶を飲んだ。

「これはまた美味しいお茶ですな。鹿児島産ですかな」

老人は音を立てて茶を啜り、じっくりと味わうようにして羊羹を頬張った。

仏壇の方を見てみるが、どこにも香典らしき包みは置かれていなかった。姑の知り合いなどが「お線香を上げに」来るときは、いつも何かしら置いていく。葬儀にも参列して既に香典をくれた人であっても、菓子折りか、または少額が入った白い封筒を供えてくれるのが常だった。

「葬儀のときは仕事の入っておったもんやけん、参列できんで申し訳なかったとばい」

「今日はわざわざありがとうございました。うちの主人とはどういったご関係で？」

「なんと申し上げればよかでしょうなあ」

「お仕事の関係の方ですか？」

「いえ、そういうわけでんなかけんが……」

「でしたら、主人の実家の方とお親しいんでしょうか？」

「いえ、ご実家とは全然」

だったらどういう知り合いなのだ。なぜはっきり言わない。

老人からつと目を逸らし、仏壇を見るともなく見た。あれ？　今朝供えたはずの幸水(こうすい)梨(なし)が消えている。記憶違いだろうか。いや、そんなはずはない。親戚がいきなり来訪することがあるからと、昨日買ってきたばかりだ。漆(うるし)塗りの丸い高坏(たかつき)は対になっていて、どちらにも梨をひとつずつ置いたはずなのに、左側だけ何も載っていない。

「奥さん、実は私ね、数年前に福祉協議会ば立ち上げましてね」

それと夫とどういう関係があるのだろうと考えながら、老人に視線を戻すと、スーツの袖口が擦り切れているのが目に入った。よくみると、グレーのネクタイは色褪(あ)せている。貧しさが透けて見えた。そこから何気なく視線を下げていくと、背広のポケットの片方が異様に膨(ふく)らんでいた。何か丸い物が入っているらしい。

まさか……。

「私は恵まれん子供たちば支援しとっと。そいでね、奥さんにご寄付ばお願いしたか」

「は？　寄付、ですか？」

「聞くところによると、お宅はお子さんがおんならんとか。ご主人はこがん立派な家ば残された。こいほど恵まれた境遇の奥さんなら、きっと貧しいお子たちにいくばくかの寄付ばしてくださるやろうと、協議会のみんなが言うもんですけん」

それまで純朴な笑顔だと思っていたのが、だんだん不気味に思えてきた。大声を出したら近所の人が駆けつけてくれるだろうか。庭に面した窓を大きく開けておけばよかった。

「なに、そいほど大金でなくてよかよ。未亡人の方がご寄付くださるとはたいがい五十万円から百万円の間やけん。そいが相場だけんね」

いったいそれは、どこの何の相場なのだ。

「すみませんが、お名刺をいただけますか？」

夏葉子がそう言うと、老人は胸ポケットから名刺を一枚取り出した。

――ＮＰＯ法人　福祉協議会グラジオラス　代表　川上紳二（しんじ）

いつからポケットに入れていたのか、四隅ともに角が折れ曲がっていて皺（しわ）がある。本当に自分の名刺なのか。

「改めてこちらからお電話いたします。ここに書かれている番号でよろしいですね？」

姑か千亜希に相談してみよう。この組織は世間によく知られたものなのか、そして、ミボージンが寄付をする風習が本当にあるのか。もしあるのなら、相場はいくらくらいか。

「電話なんか必要なか。また来るけん、そんときに渡してくれんね」

「現金を、ですか？」

「そうばい。現金ばい」

平然とした顔で言う。

「こういうのは普通、銀行か郵便局から振り込むのではないですか？」

本当に実在する団体だろうか。ネットで調べればわかるかもしれない。

「そがんご面倒はかけられまっしぇん。うちは現金で結構ですたい」

目がぎらついて見えた。滑稽（こっけい）なほど怪しすぎて、本当に恐ろしくなってきた。

壁の時計をちらりとみる。七時半だった。いくら線香を上げにくるとはいえ、女性のひとり暮らしの家に夜の来訪は非常識ではないのだろうか。もちろん昼間であっても来てほしくないが。

玄関先で顔を合わせると断わりにくくなる。ということは、インターフォンを通じて断わればよかったのだ。今さら後悔しても遅いが……。

そのとき、玄関のチャイムが鳴った。

この老人の仲間が来たのでは？

和室を出てリビングへ行き、恐る恐るインターフォンのモニター画面を覗いた。

——白川（しらかわ）です。

夫の同級生だった。中学、高校を通じて親友と呼べる仲だったと聞いている。いったい何の用だろう。白川は、葬式には妻とともに参列したはずだ。いつだったか、一度だけ夫が白川を家に連れてきたことがある。そのときは、あまりいい印象を持たなかった。それというのも、会った瞬間から、こちらを見る目に何やら複雑な光を宿していたように感じたからだ。会う前から悪い評判を聞いているときの目つきのような気がした。

白川の背後に女性が立っているのが映っている。妻だろうか。

「鍵は開いてますから、どうぞ、お上がりになってください」

老人から目を離さない方がいい。そう咄嗟に判断し、玄関まで出ていくのをやめにした。この怪しげな老人をひとりにしたら、何を盗られるかわからない。リビングのソファの上には自分のバッグを置いたままだ。

「お邪魔します」

白川がリビングに入ってきた。その後ろにひとりの女性がいた。白川の妻ではなかった。自分と同年代だろうか、薄幸な美人とでもいったような、ほっそりとした色白の女性だった。清楚なワンピースが似合っている。夜になっても、きれいに口紅が引かれていて、ファンデーションの崩れがないのは、ここに来る直前に化粧直しをしてきたからだろう。

「お線香を上げさせてもらおうと思って」と白川は言った。

お線香、お線香って……もう、うんざりだ。

夫の知り合いであっても、自分にとっては全くの他人である。そんな人々にプライベートな生活空間を見られることが嫌でたまらない。それに、葬儀に参列したのだから、もうそれで十分ではないか。どうしてわざわざ自宅にまで来るのだろう。世間の人はそれほど信心深いのか。これは世間一般では普通のことなのだろうか。

——もう少しの辛抱だよ。

そう自分に言い聞かせた。四十九日の法要で納骨してしまえば、「墓に参ってください」と言えるのだから。

「奥さん、こちらはご親戚の方ですか？」

老人がいるのに気づき、白川が遠慮がちに尋ねた。

「親戚ではありません。こういう方だそうです」

名刺を白川に見せた。

「百万円を寄付してほしいとおっしゃってるんです」

わざと大きな声で言った。老人は驚いたように目を丸くしたかと思うと、そわそわと腰を浮かしかけている。

白川の来訪は渡りに船だった。浅黒い肌に、がっちりした体型で、見るからに強そうだ。

「奥さん、私は、今日はこいで失礼いたします」

老人は立ち上がり、リビングを足早に横断して玄関へ向かおうとした。

老人が白川の脇をすり抜けようとしたとき、すれ違いざまに白川は「ちょっと待ちんさい」と老人の肩を素早くつかんだ。その反動で、老人は後ろ向きにひっくり返って尻餅をついてしまった。ゴロンゴロンと音を立てて、大きな梨が床を転がった。

「ちょっと爺さん、ふざけるなよ。こん名刺、どこで拾ったと？　福祉協議会の川上紳二さんなら俺の知り合いだけんど、あんたには似ても似つかん立派な人たい」

「勘弁してくれんね。ほんの出来心ばい」

老人はその場に手をつき、いきなり土下座した。

「そうはいかん。奥さん、すぐに警察呼ばんね」

「すまんやったっ。二度とやらんけん哀れな年寄りば見逃してくれんねっ」

叫ばんばかりの大声だった。

白川は老人の前に仁王立ちしたまま、上から睨みつけている。

「なにとぞ、許してくれんね。この通りだけん」

「奥さん、どうします？　警察呼びますか？」

「あんまり大ごとになるのも困るし……」

舅や姑の耳に入ったら、大騒ぎになるだろう。女のひとり暮らしは物騒(ぶっそう)だと言って、更に来訪が頻繁になるのも嫌だった。

「奥さんがこう言っておらるっから今日は特別だぞ。二度と来るんじゃなかぞ」

「わかりました。本当に申し訳ありませんでした」

老人は床に頭をこすりつけたあと、年齢には似合わぬ素早さで玄関へ突進して帰っていった。さっきまで足を引きずっていたのではなかったか。腰も痛いのではなかったのか。それもこれもすべて演技だったのだろうか。

「白川さん、ありがとう。助かったわ」

「なんだか物騒ですね」と白川が眉根を寄せた。

「そうなのよ。でもお線香を上げさせてくださいと言われたら断わりにくくてね」

そう言いながら、夏葉子は床に転がっている梨を拾った。

「そいはそうかもしれませんが、ああいう怪しげな男には気をつけんと」

「ところで、白川さん、そちらの方は？」

彼女は、さっきから家の中だけでなく、夏葉子のこともちらちらと観察している。本人は気づかれていないと思っているらしいが、部屋に入ってきたときから視界の隅で執拗な視線を感じていて、鬱陶しくて仕方がなかった。

「初めまして。私は添島（そえじま）サオリと申します。堅太郎さんとは中学時代の同級生です」

「今日はご丁寧にどうもありがとうございます。妻の夏葉子です。仏壇はこちらです」

　和室に案内しながら、梨を高坏に戻した。これで供え物が左右対称になった。

「もしかして、その梨、さっきのジジイが盗もうとしたとですか？」と白川が尋ねた。

「そうみたいです」

「信じられん。まったく何（なん）ば考えとると？」

　白川は憤慨しながら、仏壇の前に座って線香に火を点けた。ポケットから数珠を取り出し、両手を合わせて目を閉じる。サオリは、その背後で控えていた。少しして白川は目を開け、分厚い座布団を外して、後ろに下がると、代わりにサオリが仏壇の前に座った。

　仏壇の横には、お供え物の菓子折りが積み上がっている。親族や姑の知り合いたちは、気を遣って日持ちのするものを持ってくるが、それでもとても食べきれる量ではない。

「さっきのおじいさんは、梨を盗まなきゃならないほどお腹が空いてたのかしら。見るからに貧乏そうだったわね。ここにあるお菓子を持たせてあげればよかったかな」

「奥さん、冗談はやめてくれんね」

白川が大きな声を出した。「そげんことしたら甘く見られますよ。ああいった連中はどこまでもつけ入ってくるんです。甘い顔ば見せたらダメばい」

すごい剣幕だった。サオリが鋭い視線で白川の横顔を見ている。白川の冷たい言い方を非難しているのかもしれない。サオリも夏葉子と同じように、さっきの老人を哀れに思ったのだろう。

サオリは手を合わせて目を閉じた。合わせた両手には水晶の数珠がかけられている。その透明な輝きが電灯に反射してキラキラ光ってきれいだった。

夏葉子と白川は、サオリの後方に正座していた。サオリの華奢な背中を見つめながら、サオリが拝み終えるのを待っていた。

長かった。

あまりに長かった。

いったいいつまで手を合わせているのか。

いったいいつまで目を閉じているのか。

長い睫毛(まつげ)の美しい横顔を見ているうち、夏葉子は苛立(いらだ)ってきた。

不愉快だった。

今まさに、サオリは心の中で夫に語りかけているのか。二人の間には、尽きることがないほど話題が豊富だとでもいうのか。

——私はただの同級生じゃないんです。堅太郎さんとは色々あった仲なんです。

サオリの背中がそう語っている。そしてそれを妻に見せつけようとしている。

考えすぎだろうか。でも、そうとしか思えなかった。

この女は誰なのか。どうしてわざわざ家にまで来るのか。中学時代の同級生ということは、高校は別なのか。中学を卒業以来、夫とはどういった関わりを持っていたのか。長く拝まなければならないほど親しかったのか。

もしかして、夫が死んだ夜、市内のホテルで夫と一緒にいたのは、この女なのか。

拝む長さが親密さに比例するようで、嫌な気持ちになった。

これ以上、サオリの背中を見つめていると、わけのわからない敗北感のようなものにすっぽりと包み込まれてしまう気がした。後でひとりになったとき、ああでもない、こうでもないと想像し、陰鬱とした気分に陥るだろう。

夏葉子は立ち上がって台所へ行き、お茶の用意をした。湯呑を茶托(ちゃたく)に載せ、煎茶を注ぎ入れてから蓋(ふた)をする。和菓子も添えてお盆に載せて和室に戻ってくると、なんと、サオリはまだ拝んでいた。

白川と目が合った。その顔つきから、彼も苛々していることがわかった。

「お茶、どうぞ。このお饅頭、美味しいんですよ」

サオリはまだ拝んでいたが、夏葉子はお構いなしに明るく元気な声を出した。すると、サオリはやっと両手を下ろし、こちらに向き直った。そしてバッグからハンカチを取り出すと、目頭を押さえ始めた。

——奥さんと違って、私は泣けるんです。だって親密な仲だったんですから。

そう言われている気がした。

「実はお願いがありまして」

白川が遠慮がちに切り出した。

「何でしょうか」

「ご存じだと思いますが、僕は堅太郎とは中学校の頃からの親友なんです。それで、誠に図々しいお願いなんですが、何か形見分けをしていただけないかと思いまして」

「もちろん、いいですよ」

夏葉子は背筋を伸ばし、まっすぐに白川だけを見つめた。サオリが何度もハンカチで目を押さえるのが、視界に入っていたからだ。そんなことは全く意に介していないというふりをしないではいられなかった。

夫のことは、とっくの昔に諦めたはずだった。食べていくためだけに結婚生活を続けていたはずだった。それなのに、この燃え上がるような嫉妬心はどこから湧き出てくるのか。自分でも自分の心が読めなかった。ただひとつわかったのは、サオリという女には負けたくないという強烈な思いが芽生えたことだった。知らずしらずのうちに、顔つきまで毅然(きぜん)としたものになっているのが、鏡を見なくてもわかった。

「まだ悲しすぎて、遺品の整理には手をつけられないでいるんですが、夫は文房具が好きでしたから、万年筆やら革のペンケースやら、いい物をたくさん持っていました。確か、モンブランのすごいのがあったと思うので、捜しておきますね」

「それは……どうも。えっと……」

白川は、畳に目を落とした。

サオリが白川の横顔をじっと見つめている。その目つきは何かを訴えているかのようだった。気になったが、夏葉子は気づかないふりをした。自分の知らないことがたくさんある。それがなんなのか具体的にはわからないが、少なくとも自分を深く傷つける鋭利な刃物に似た何かだということだけはわかった。

「遺品整理が終わったら連絡を差し上げます。白川さんの携帯の番号を教えてください」

白川はスーツの胸ポケットから名刺入れを出した。製薬会社の名前の横に、医療情報

担当者と書いてある。病院などを訪問して自社の医薬品を売り込む仕事をしていること
は、以前に夫から聞いたことがあった。営業職だからか、名刺には携帯の番号も載って
いる。

「奥さん、すんまっせん。できれば万年筆とかではなくて……」と言いかけて、白川は
言葉を探す風に目を泳がせた。

「わかります。私も使いませんもん。もっぱらボールペンです」

「できれば堅太郎が日ごろ身に着けとった物ばいただきたいんですが」

「ああ、そういうことでしたか。主人はなかなかおしゃれな人でしたから、スーツなら
たくさんありますよ、でも、白川さんにはサイズが合わないかも……」

身長は同じくらいだが、体型が違う。白川は肩幅が広くてがっちりタイプだ。

「白川さん、ネクタイはいかがですか？　いいのがたくさんあったと思います」

夏葉子がそう言ったときだった。

「パジャマがいいんじゃない？」

いきなりサオリが口を挟んだ。

白川がギョッとした顔でサオリを見た。

「だってほら、パジャマなら多少サイズが合わんでも白川くんも着れるんじゃなか

と？」

「そげんもん俺は要らんよ。何ば言い出すんだか全くもう。ええかげんにせんね」

「白川くん、そうじゃなくて……」

サオリの言葉を遮って、白川は取ってつけたように大声でアハハと笑い出した。

白川の笑い声にかき消されたと油断したのかもしれないが、サオリの囁くような声を夏葉子は聞き逃さなかった。

——私が着るけん。

その瞬間、夏葉子は決めた。夫が身に着けていた物は、何ひとつサオリには渡さないと。

絶対に渡すもんか。

「パジャマ、ですか？」

初めてサオリを正面から捉えた。

「それは無理です。主人のパジャマは私が毎晩着て寝てますから」

言った途端に、口の中が苦くなったような気がした。自分に似合わない役を演じている。

サオリは、こちらをじっと見つめていた。目に憎しみがこもっているように感じた。

だが、怖くはなかった。自分は夫と正式に結婚していたのだから、誰に遠慮することがあるだろう。

明日はゴミの日だ。夫のパジャマと下着はひとつ残らず捨ててしまおう。

4

自宅に帰ってから、二階の夫の書斎に入った。今まで遺品整理をしなければと思いながら延び延びになっていた。会社の段ボールも、三沢が運び入れてくれた日のままだ。

もうすぐ四十九日が来る。納骨のときに親戚が集まるから、そのときに形見分けをしようと思っていた。夫は上質の物を大切に長く使う人だった。だからきっと捨てるには惜しい物がたくさん出てくるだろう。だが自分は、夫を思い出すような物は何ひとつ要らない。この家から一掃してしまいたい。夫の持ち物を目にするたび、自分は「大切にされなかった妻」だとつくづく思い、気分が沈む。こういうことを繰り返していたら、いつか精神が蝕まれていく予感がする。

高価な文房具類は、舅姑の兄弟姉妹を通して、その孫世代にあげよう。きっと喜ばれるに違いない。

白川の分も何か取り分けておこう。彼を呼び出す際の口実として使えるはず……。

自分はいつか、白川を呼び出すつもりなのだろうか。呼び出して、何を尋ねるのだ。

──うちの主人とサオリさんとはどういう関係だったんですか？

そう尋ねるつもりなのか。

──単なる同級生ですよ。

白川がそう答えたらどうする？　馬鹿にするなとでも叫ぶのか？

それとも彼が、

──サオリは堅太郎の愛人ですよ。若い頃からずっとつき合っていたようです。

そう言ったらどうする？

どうするも何も、もう夫は死んだのだ。今さら知って何になる？

もっと傷つきたいのか、自分。

だが知らないままだと、ああでもないこうでもないと答えの出ない推測を続けていくことになりはしないか。今後もずっと、もしかしたら一生涯？　本格的に心を病んでしまいそうだ。

頭を左右に振り、ふうっと息を吐きだした。

さて、何から片づけるか。部屋を見渡してみた。本棚にはきちんと本が並べられ、小説や図鑑や辞典や雑誌が几帳面に分類されている。机の上にはノートパソコンがあり、鉛筆立てやコースターや卓上カレンダーがある。

机の一番下の抽斗の中は、ノートやバインダーなどが整然と並んでいた。上の抽斗を開けると、定規やハサミやマーカーやクリップなどが意外にも雑然と入っていた。あの人でも、ゴチャゴチャのままにしておくこともあるらしい。少し親しみが湧いた。

さて、どこから手をつけようか。部屋の隅に積み上げられた段ボール箱が目に入った。三沢が運んできたものだ。たぶん、これらから手をつけるのが正しいやり方だ。最も手ごわいからだ。会社のロッカーや机の中は、決して妻が見ることのできない秘密の場所だから、妻に見られたくない物はそこに隠すに限る。自分が男なら、きっとそうするだろう。

どうせなら、さっさと傷ついてしまおう。とことん落ち込んでしまおう。そうしないと、いつまで経っても次のステップに踏み出せない。

息を止め、思いきって段ボール箱を開けてみると、こまごまとしたものが現れた。手帳、文房具、ノート、書類、本……。

銀行通帳は、二十数年分が時系列で束ねられていた。新卒で就職してから今年の分までのすべてが揃っている。夏葉子が夫の通帳を見るのは初めてだった。結婚以来、夫はきっちり家計費を入れてくれてはいたが、給料がいくらなのかは知らされていなかった。会社に保管していたのは、妻に見られたくないからだろうか。

恐る恐る、最も新しい銀行通帳を開いてみた。

残高は五万円弱しかない。夫が亡くなって間もなく金融機関から凍結の知らせが来たが、この口座番号に関してだけだった。つまり、これ以外に金融機関と取引はないということだ。定期預金も郵便貯金もない。細々と節約して貯蓄に励んでいたのは、どうやら自分だけだったらしい。

給料の額を初めて知った。思っていたより、ずっと多かった。手取りが毎月五十三万円ある。ボーナスは百万円以上だ。家計費として渡されていたのは毎月三十万円だった。その中から十五万円の住宅ローンや光熱費を払い、通信費や食費を支払うと、贅沢はできなかった。それなのに、夫は毎月二十三万円を小遣いとして使っていたらしい。昼食代に飲み代に趣味の高級文房具、そしてたまのゴルフ……あっという間になくなってしまうのだろう。

幼い頃から実家の両親を見て育ってきた自分にとって、やはり夫はあまりに遠い人だった。だって、実家の母は父のことならなんでも知っている。午前の仕込みから始まり、夜中に店じまいするまで、二人はほとんど一緒にいる。子供の頃、学校から帰ると、父の姿が見当たらないことがしばしばあった。そんなとき、「お父さんは?」と母に尋ねると、母は間髪を容れず「モナリザだよ」と喫茶店の名をあげたり、「パチンコだよ」

い。
と顔を顰めたりした。つまり、母は父の行動全てを把握していた。それは今も変わらな
　――夫の銀行通帳を初めて見たよ。
そう言ったら、母は何と言うだろう。呆れて口をあんぐりと開けるだろうか。
ふと、通帳をめくる手が止まった。これはいったい、何なの？
サオリに……どうして十万円も振り込んだの？　通帳を穴のあくほど見つめた。
通帳のページをめくり、前月分も見てみた。前月はサオリに五万円を振り込んでいる。
急いで通帳を遡ってみた。半年前にも、そのまた二ヶ月前も……。
どうして？　いつから？
何十冊もある通帳を次々に見ていく。いったい何なの、これは。時期や金額に規則性
は見られないが、頻繁にサオリ宛に五万円から十万円を振り込んでいる。それも、結婚
前からずっと……。
指先が細かく震えだした。身体中の血が逆流しているみたいに、頭と背中がカーッと
熱を帯びてきた。怒りなのか、悔しさなのか、屈辱なのか、寂しさなのか……今まで味
わったことのない孤独感だった。
ああ、もう、何もかも嫌だ。夫が死んだあとに、ここまで神経を逆撫でされるとは。

今までの自分の人生が全否定されたような気がした。

——サオリさえいれば、夏葉子なんか必要なかったんだよ。

夫にそう言われている。

システム手帳も二十数年分あった。夫の几帳面さが憎らしくなる。

夫も想像だにしていなかっただろう。これほど早く死んで、妻が手帳を手に取るとは。程度の差はあれども、誰だって見られたら都合の悪い物が一つや二つはあるものだろう。ましてや、あの秘密主義の夫のことだ。自分の物をあれこれひっくり返されたくないに決まっている。仮に夫が癌か何かで余命宣告されていたならば、持ち物全てを抜かりなく処分し、準備万端整えてから死に臨んだのではないか。

妻とはいえ、夫のプライベートを覗く権利はないはずだ。だが……手帳を見れば、サオリに送金していた理由の糸口が見つかるかもしれない。手帳を一ページでも開けば、きっと自分は、「サオリ」という文字を見つけようと、目を皿のようにして探すだろう。そしてそこに「愛」だとか「恋」だとかハートマークだとかが書き添えられているのを見つける。待ち合わせの時刻や場所やホテルの名前も書かれているかもしれない。それらを目にしたら、自分はきっと逆上する。

想像するだけで惨めだった。夜も眠らず、背中を丸めてページを追い続ける。薄暗い電灯の下で必死に呪いを吐く姿は、いつか映画で見た鬼婆のようだ。そんな自分の姿が容易に想像できた。

潔く捨ててしまえばいい。死んだ夫の気持ちを考えてもそうすべきなのだ。そうは思いながらも捨てずに段ボールに戻した。いつの日か見たくなったときのために、それらをとっておこうとしている。

今は見るのが怖かった。手帳は日記と同じようなものだ。まさか妻が見るなどと考えていなかっただろうから、そこには本心が書いてあるはずだ。

何が書いてあるのだろう。

ああ、もうやめよう。考えれば考えるほど頭がおかしくなりそうだ。

とにかく今は、形見分けを選ぶことに専念しよう。遺品の多さが、心のモヤモヤの量と比例している気がして、少しでも減らしてすっきりしたかった。

クローゼットを開けてみた。きちんとスーツが並んでいる。季節外れの物はすべてクリーニング店のタグがついたままだ。いつだったかテレビドラマで、妻が夫のスーツに顔を埋めて匂いを懐かしみ、涙を浮かべるシーンがあった。それを見たとき、自分もあなるのだろうかと思ったが、実際は大違いだ。

身長や体型が同じような親族がいるだろうか。今度会ったときに姑に聞いてみよう。

スマホは、充電が切れたまま机の上に置いてある。充電せずに解約してしまおう。メールのやり取りなどを目にしたら、人間不信に陥って、この先二度と誰も信じられなくなるだろう。

次の瞬間、突き動かされたように立ち上がっていた。部屋を出て階段を駆けおりると、キッチンからゴミ袋をつかんで洗面所に走った。夫が使っていた歯ブラシや整髪料などを次々に投げ込んでいく。今すぐ、少しでも夫の遺品を減らしたい。

そのまま玄関へ走り、靴箱の扉を全て開け放し、夫の靴を片っ端から袋に入れていった。

スポーツジムの帰り、千亜希を家に誘った。

家の中に千亜希がいてくれるだけで、久しぶりにリビングが寛げる空間になった。いつ何どき見知らぬ人が「お線香を上げさせてください」とやってくるかもしれないと思うと、ひとりで家にいるのが心細かった。夫の知り合いなど、自分はほとんど知らない。知っているのは三沢と白川くらいだ。あらためて夫との接点の少なさを思い知らされていた。そしてそれは物騒なことにつながるのだと、夫が亡くなって初めて知ったのだ。

「ええっ、そげん詐欺まがいの人まで来たと？」

千亜希はデパートで買ってきたスーパイコを食べながらソファにのけぞった。長崎では酢豚のことをスーパイコと呼ぶことは、結婚前に夫が教えてくれた。

「そいは大変やったね。こいからは、知らん人ば家に上げん方がよかよ」

「そうは言うけど、夫の知り合いだと言われたら断わりづらいよ」

「そげん悠長なこと言って、また詐欺師だったらどうすっと。たまたま白川さんとかいう人の来てくれたからよかったもんの、下手したら強盗殺人てこともあり得るよ」

「それは大げさよ」

「何かあってからでは遅かよ」

「それはそうだけど、ここら辺は東京と違って、すぐに噂が広まるでしょう。俺は玄関で追い返されただとか、常識のない嫁だとか、すぐにお義母さんの耳に入るのよ」

「家に入れたら入れたで、男が出入りしとるって言われるとやろ」

「あ、そうだった」

「ともかく世間がなんと言おうと、知らん人は断わった方がよかよ。そもそも女のひとり暮らしのところに男がひとりで来ること自体、良識のある人なら遠慮すっと思うよ。そんなにお参りしたかなら、お墓ができてからにすればよかじゃなかかね」

「だよねえ。うん……そうする。これからは断わるよ。ビシッとね」

自分に言い聞かすように言ってから、夏葉子は大好物の白魚明太を食べた。

「聞いてほしか話って、そんことやったの？　そん詐欺師の爺さんのことなの？」

「違うよ。本題はここからだよ」

二人とも下戸というわけではないが、酒がそれほど好きではないので、アルコール分のない梅ソーダを飲みながら、鯨カツやら地鶏飯やらを食べた。

「実はね……」

白川とともにサオリも来たことを話した。銀行通帳に記帳されていた送金のことも。

「サオリっていう女にお金ば送っとったってこと？　そいはまたなんで？」

「色々考えてみたけど見当もつかないよ。愛人だったとしても、こんなにいっぱい送金するもんなのかなあ」

「愛人なら洋服やバッグを買うてあげたり、レストランやホテル代ば払ったりはすっやろう。ばってん、現金ばあげるっていうのはどげんかなあ。もしかして、ダンナさんがその女にお金ば借りとって少しずつ返しとる、とか？」

「まさか。うちの夫が万が一お金を借りることがあるとすれば、会社か銀行からでしょ」

「そいもそうたい」

「もう何も考えない方がいいのかな。これ以上は知らない方がいい気もするの。だって死んじゃったんだもの。知ったところで今さらどうにもならないわけだし」

「ばってん、ダンナさんが浮気しとったかどがんかが気になっとるとやろ?」

「それはそうだけど……もうこれ以上傷つきたくないんだよね」

「そうは言っても、白黒はっきりさせたか気持ちも見え隠れしとっとじゃなかか?」

「まあね」

「死んだからって、ダンナさんの記憶が消えたごとになるわけじゃなかと?」

「消えるどころか、生きていたときよりも、頭の中を占める割合が大きいよ」

「やったら、サオリさんとやらに直接会うて尋ねてみればよかじゃなかね」

「えっ、それ、本気で言ってる?」

「気になることがあれば、とことん追及して真実ば知った方が精神的にもよかよ」

本来は、夫が生きているときにすべきことだったのだ。残業だ出張だと家を空けることが多かった時点で、怪しいと思っていたのだから。

「もしも浮気してたことがはっきりしたら?」

「そいはそいで、すっきりすっじゃなかか」

「どうして？　すっきりするわけないじゃないのっ」

思わず大きな声を出してしまっていた。所詮は、千亜希にとっては他人ごとなのだ。

「あれこれ思い悩むより、妻に隠れて浮気したり送金したりして、夫として最低なヤッやったと思いきり軽蔑してやればよか。そん方が前向きに生きていけるじゃなかね」

「なるほど。そういう考え方か……読みが深いね」

そう言うと、千亜希は朗らかに笑った。

その笑顔を見て、しみじみと思った。最後に笑ったのはいつだったろうと。

ずいぶん長い間、心の底からは笑っていない気がする。他人ごとだから千亜希が笑っていられるとしたら、それはつまり、他人から見たらたわいもないことだからだ。浮気や送金が現在進行中というのなら深刻だが、もう本人は死んでしまっている。こちらが思い悩んだところで、サオリに渡ったお金も返ってこない。

「考えれば考ゆっほど、サオリてゆう女は、ロクなもんじゃなかよ」

千亜希が断定するように言った。

「どうして？」

「だって逆の立場ば考えてみんさいよ。仮に夏葉子さんが既婚者と不倫しとったとする。ある日、そん男が急死した。さあ、あんたならどうする。線香ば上げに自宅まで行くと？」

「まさか、葬儀にだって行かないよ」

「やろう。夏葉子さんなら、奥さんば傷つけんごと細心の注意ば払うわね」

「もちろんだよ。仮に奥さんにたまたま会う機会があって、もしも疑われるようなことがあれば、『単なる同級生だった』とか、『仕事上のつき合いだけだった』というように振るまうでしょうね。もしかしたら、『仲間としては尊敬していたけれど、男性としては好みのタイプじゃなかった』くらいは盛るかも」

「そこまでサービスすっとは、なして？」

「だってもう死んでしまってるんだもの。奥さんの心労を思うと、過去の浮気をバラすこと自体、可哀相だよ」

「だよね。まともな神経のおなごならきっとそうすっと。実は……うちん亭主も怪しかよ」

「ご主人は、柔道部の顧問が忙しすぎて、浮気する暇なんてないでしょう？」

「そげんこつなか。試合んときに、絶対に応援に来んなって言うたい。特に、対外試合で一泊する遠征のとき」

「泊まりだから？　それは考えすぎじゃない？」

「こん前、夫に内緒でこっそり見に行ったと。そしたら生徒のお母さん方がいっぱい応援に来とんしゃった。想像しとった以上に、みんな若うてきれかやったからびっくりした」

「だからって、まさか保護者と変な関係になったりは……」

「夫に『お弁当作ろうか』って尋ねるたびに、弁当は向こうで出っから要らんって答えとったの。お母さんのひとりが、そっと夫に包みば渡しとっと。遠目に見ても二段重ねの重箱やったわ」

「でも、だからと言って……」

「あれからうじうじと色んなこと想像しとった。時間の無駄たい。精神にもようなか」

「だから白黒つけた方がいいと?」

「そういう私もまぁだ迷っとる。離婚なんてことになったら食べていけんけんね。でも夏葉子さんは違う。いまや怖いもんなしじゃなかね。家や保険金が手に入ったんやけん」

「でも、そんなに簡単に割りきれるものでもなくて……」

　今後の人生を思うと、千亜希の言うように、早くすっきりした方がいいような気もした。

街の中心地で買い物をした帰りだった。

「あら、夏葉子さんじゃなかね。お買い物？」

七十年配の女性二人に声をかけられた。知らない人だった。ふたりとも、上質のスーツを着て、高級ブランドのバッグを提げている。

「忘れてしもうたと？　私ら美哉さんの日本画教室の仲間たい。こん前、お宅にお線香を上げに伺ったじゃなかね」

「……ああ、そうでしたか。それは失礼いたしました」

「いちいち覚えてられんたいね」

「若い人から見たら、どいもこいも似たようなおばあさんばっかいだもんねえ」

「そういう言い方はなかやろう」

二人でけらけらと笑いあっている。

「私ら、音楽会の帰りたい。今からどっかでお茶していこうて思おてね。よかったら夏葉子さんもどがん？」

「え？　いえ、私は……」

姑の友人は自分の友人ではない。それなのに、親しみの籠った笑顔を向けてくる。自分が「高瀬家」の一部として引きずり込まれるような不快感が広がった。

「すみません、ちょっと急ぎますので」

思いきり口角を上げて笑ってから、小走りになってその場を離れた。


その日は、舅と姑が揃って訪ねてきた。

姑はさっきからずっと、仏壇の前で目を閉じて拝み続けている。

「夏葉子さん」

姑はやっと目を開けて、こちらに向き直った。

「堅太郎の四十九日の日取りのことなんだけど、来月の第二木曜日にしようと思うの」

毎週木曜日は、「長崎風土記」の進捗会議の日だった。

「お義母さん、すみません。その日は私、重要な会議が入っていまして」

「重要な会議って何だ？　そげんもんに夏葉子さんが出る必要あると？」

ソファでお茶を飲んでいた舅が口を出した。「だって、パートなんやろう？」

「え？　ええ、そうなんですが、でもスタッフは全部で九人しかいませんので」

「そん日は仕事ば休めばよか。たかがフリーマガジンじゃなかね」

たかがって……息を呑んで舅を見つめる。

「あなた、そのフリーなんとかというのは、なんのことですの？」

「最近はあちこちに無料の小冊子が置いてあるばい。あいのことだ」

「ああ、タダでもらえるアレね」

「広告料だけでよくやってるよな。ちょっとは儲かっとると？　無料で配布すっなんて、いったい何のためにやっとるんだか、僕にはさっぱり理解できんたい。ちゃんとした出版社に勤めとるっていうんならわかるばってん」

思っていた以上に軽く見られていたらしい。県庁を定年まで勤め上げた舅から見れば、たいした仕事ではないのだろう。

だが、どんなに小さな会社であっても、時給いくらかのパートであっても、この仕事がなければ、自分は今までまともな精神状態を保ってこられなかった。仮面夫婦の夫を恨み、かといって、ひとりで生きていく経済力もなく、そのうえ実家はあの調子で頼れるはずもない。つまり、帰るところがなかった。気持ちの拠り所が欲しかったのだ。

古い世代の舅姑に、そんなあれこれを理解してほしいとは思わない。だが、一人前の人間として見られていないことを知り、身体中の活力が一瞬にして消えた思いがした。

「要はアレでしょう。お店に行って話を聞いて、その内容をワープロで打つ仕事よね？」

「え？　ええ……まあ」

「会議では何ば話し合うと？」と舅が尋ねる。

「進捗状況の確認と、次号の打ち合わせです」

「なんだ、そんなことなの。要はどこまでワープロを打ったってこと？　やだわ。会議だなんて、ずいぶん大げさな言い方するのね」

姑が呆れたように言う。

ここは腹を立ててはいけないところだと夏葉子は自分に言い聞かせた。姑はパソコンも使えないし、ワープロも打てない。悪気があって言ったわけではないのだから、怒るのはおかしい。けれど……。

「すみませんが、四十九日を一週間先に延ばしてもらえないでしょうか」

「そん日は僕がダメばい。大学時代のＯＢ会のあるけん」

ＯＢ会など毎年やっているのだから、そっちこそ欠席すればいいじゃないですかと、喉まで出かかる。

「土日の方が親戚の方たちも都合がいいのではないですか」と夏葉子は食い下がった。

「そがんこつなかよ。現役ば引退したら曜日なんか関係なか。平日の方が空いとってやから住職も助かるっち言いよった」

「……そうですか。で、法要は何時から始まるんです？」

「朝九時半からよ。昼前には終わるわ」

「でしたら……わかりました」

会議は午後からだ。何とか間に合うだろう。それに、納骨は早い方がいい。誰かが「線香を上げ」に来るのを、一日でも早く阻止したかった。

出がけに、玄関にある姿見で全身をチェックした。

喪服に埃がついていないか、黒いストッキングは伝線していないか、真珠のネックレスの留め金がきちんと首の後ろに来ているか。黒革のバッグや靴に汚れはないか。

よし、大丈夫。

玄関を出て庭を見ると、可憐(かれん)なコスモスの花がほころびかけていた。引っ越してきた当初、庭付きの家に住めたのが嬉しくて、張り切って花壇を整備し、確かそのときもピンクと白のコスモスを植えたのだった。そう言えば、「おむすび屋」の路地裏にも秋になるとコスモスが咲いた。秋風にしなる頼りない姿を見るのが、小学生の頃から好きだった。

5

たまには……実家に帰ってみようかな。

東京の下町にあるアーケード商店街が懐かしく思い出される。道幅は狭いが、その長さは雑誌でも取り上げられるほどだ。幼い頃は、どこまでも永遠に続いていると思っていた。両親ともに忙しくて、子供に目が行き届かないのを心配していたのか、夏葉子が小学校低学年までは行動範囲が厳しく決められていた。家を出て右側は美容室「あずさ」までで、左はアクセサリー「ジュリエット」までだった。「おむすび屋」の隣は寿司屋で、換気扇からは絶えず甘酸っぱくて生ぬるい空気を吐き出していた。向かいは古くからの喫茶店で、年に何度か父がパフェをご馳走（ちそう）してくれた。そのたびに母は、「また無駄遣いして」と不機嫌になったものだ。

ああ、懐かしい……。

当時はどの店でも、店舗の二階を住居として使っていたものだが、今は二階は物置として使い、住居は近隣のマンションだ。しかし夏葉子の家は、それほど儲かっていないこともあり、いまだに店舗兼住宅として使っている。

生まれ育った商店街の隅々までをつらつらと思い浮かべていたとき、前日から頼んでおいた、迎えのタクシーが家の前の道路に滑り込んできた。後部座席に座ると、膝に乗せた桐の箱がずっしりと重かった。中には陶製の骨壺が入っている。

港を見下ろす風頭（かざがしら）山の山麓（さんろく）に、寺院が並列する寺町通りがある。タクシーは、その中でもひときわ目立つ雄大な朱色の山門の前で停まった。地元の人は誰でも知っている由緒ある寺だと姑から聞かされてはいたが、夏葉子が門をくぐるのは初めてだった。広くゆったりとした南方風の境内には、早咲きの椿が見事な花を咲かせている。その凜とした白さを、赤い門が際立たせていた。舅は高瀬家の次男なので、初めて墓地を買ったのだった。

地元の著名人の墓がいくつもあるらしい。親族の墓参りのほかにも、散策に訪れる人も多いという。南北に貫通する小道には桜並木もある。春になったら、さぞかしきれいだろう。

待合室に入ると、姑が給茶機から紙コップに茶を注いでいるのが見えた。こちらに気づくと、舅の前に紙コップを置き、「夏葉子さん、ご苦労さま。いよいよね」と言いながら近づいてきた。姑は夏葉子から骨壺を受け取ると、愛おしそうに胸に抱きしめた。

「お世話様です」

明るい声に振り向くと、朝子夫婦が入ってきたところだった。これで舅姑の兄弟姉妹が全員揃ったことになる。だが、その子供の世代は、平日は仕事があるので誰も来なかった。

ぞろぞろと本堂へ移動し、みんなが席に着いたところで、夏葉子は前に出て挨拶した。

「本日は、ご多忙中にもかかわらずお集まりくださいまして、誠にありがとうございます。それではこれより夫、堅太郎の四十九日の法要を執り行いたいと存じます。ご住職、宜しくお願いいたします」

　家で練習した文言が淀みなく言えたので、今日のお役目は終えたとばかりにほっとしていた。こういう儀式はあと何回あるのだろう。一周忌、三回忌、七回忌……。舅姑はもちろん、その親戚たちが生きている限り、省略することはできない。

　読経が終わると、黒いスーツ姿の係の女性に案内されて、みんなで墓地へ移動した。

　――高瀬家先祖代々之墓
　真新しく、堂々とした御影石の墓石が建っている。お寺や墓のことはさっぱりわからないので、またもや舅と姑に任せきりだった。費用も全額負担してくれた。

「立派なお墓たい」

「良か石ば使うとる」

　親戚たちが感心したように口々に言い合っている。

「それでは今からお墓を清めていただきます」

　係の女性の合図で、それぞれに墓の周りの雑草を取ったり、落ち葉を箒で掃いたりした。夏葉子は雑草や落ち葉をゴミ袋に入れて回った。

　墓石の横にある墓標が見えた。立派な板状の大理石に、細かな文字が刻んである。最初の行は、夫の戒名と俗名、そして亡くなった日付と年齢が刻まれていた。そしてすぐ隣には、舅と姑も同じような並びで刻まれている。まだ亡くなっていないから、日付と年齢はなく、彫った文字に朱いペンキが塗られている。その横には、まだ五十歳にもならないのに義姉の戒名が早々に彫られていて、同じように朱が入っていた。なんと用意のいいことだろう。

え？

その隣には……まさか、これは私の戒名なの？　「葉」という字が入っているのは夏葉子という名から一文字を取ったものなのか。視線を下げて俗名のところを見ると「夏葉子」とはっきり彫られていた。

息を止め、茫然と立ち竦んだ。自分が死んだらこの墓に入るらしい。ここに到達するまでの人生のレールは既に敷かれている。そのレールから脱線はできませんよ、と言われているのだ。

風に乗って線香の香りが漂ってきた。ふと周りを見渡す。親戚の女性たちは花を供えて水をやり、菓子を供えている。朝子の夫は、束になった線香を男性陣に分け与えている。

「あら、ざびえるじゃなかね。買うてきたの？」

「堅太郎くんは、ざびえるが大好きやったな」

「懐かしいたいね」

みんな微笑み合っている。ざびえる？　何のことだろう。

みんなの視線を追うと、どうやら目の前に供えてあるお菓子の名前らしい。

「俺も好きたい。大分の銘菓やけど、うちん会社でも人気があるとよ」

夫が「ざびえる」という名のお菓子が好きだというのは、親戚内では有名だったようだ。夏葉子は初耳だったが、静かに微笑んで、知っているふうを装った。

「ご住職様がお見えになりました」

係の女性の声で、みんなで掃除道具を片づけて、住職を迎えた。

僧侶が墓石の前でお経をあげる。その後ろ姿を、夏葉子はぼんやりと眺めていた。姑が啜り泣いていたが、夏葉子は読経なんか早く終わればいいのにと思うばかりだった。

「それでは、奥様から」と係の女性に促され、妻である夏葉子が最初に線香を上げた。両手を合わせて拝むが、心の中は空っぽだった。正月などに神社にお参りするときは、心の中でつぶやく文言はだいたい決まっている。

――この一年、健康で過ごせますように。

だが、今は何も浮かんでこない。

――やすらかにお眠りください、とでも言えばいいわけ？

と、夫に語りかけていた。

納骨の儀式は厳(おごそ)かに執り行われ、そのあと寺の隣にある葬儀会館で、懐石料理を囲んだ。

「夏葉子さん、お墓を見て驚いたでしょう」

姑がこちらを見て得意げに微笑む。

「義姉さん、私だって驚いたわ。弓子ちゃんや夏葉子さんの名前まで入れてるなんて」

朝子が呆れたように言う。

「だって、朱を入れておけば長生きするっていう言い伝えがあるでしょう？」

「そんなの迷信よ」と反発しながら、朝子は薩摩芋(さつまいも)の天ぷらを口に運んだ。

「朝子、そうは言うけど」と舅が茶碗蒸しを美味しそうに食べながら続ける。「堅太郎夫婦には子供がおらん。だけん夏葉子さんの葬式は朝子んところの孫に頼むことになる」

「そうか、そうなるわね」と朝子は当たり前のようにうなずく。

「お前んとこの孫に金銭的負担ばかけんごと、今から準備しておいた方がよかと思おてね」

「最近は子供がいない人や生涯独身の人が多いから、親戚が面倒みなくちゃいけないもんね。兄さん、お気遣いありがとう」

舅と朝子の、実の兄妹であるがゆえの遠慮のない会話を聞きながら、夏葉子はどこか遠くに逃げていきたい衝動に駆られていた。

いったい自分は何から逃げるというのか。逃げる場所なんてあるのか。

夫が亡くなった時点で、自分は誰の妻でもなくなり、晴れて自由の身だと思っていた。だが、どうやら違うらしい。今もこれからも「高瀬家の嫁」なのだ。それも、夫が生きていた頃より、もっとずっと明確に。

だが、文句を言う筋合いなどない。舅は、本来は妻が用意すべき仏壇や墓まで買ってくれた。どちらもかなり高価だったに違いない。自分はお礼を言うべき立場なのだ。こういうのを、世間では、「よくしてもらっている」というのだから。

——夏葉子さんがいいお嫁さんでよかったわね。

そう言われるたびに、自分は「夏葉子」ではなく「お嫁さん」なのだと思う。没個性の存在でなければならない。

またしても自分の周りの空気が薄くなった気がした。錯覚だとわかっていても息苦しくて仕方がなかった。どこか広い野原にでも行って、思いきり深呼吸したくなる。その衝動を抑えるため、さっきから水をがぶ飲みしてばかりいて、食が進まない。

なごやかな会食が終わると、親族たちを次々にタクシーに乗せて見送った。

門の前には、舅姑と夏葉子の三人がぽつんと取り残された。

「夏葉子さん、どこかでお茶を飲んでいきましょう」

「すみません、お義母さん、私はすぐに会社に戻らないとなりませんので」

「いやだわ、夏葉子さんたら。今日は堅太郎の四十九日なのよ」

「でも午後から会議があるんです。本当に申し訳ないんですが」

「まったく夏葉子さんは真面目だねえ」

そう言って、舅がハハハと笑う。「まあそう言わんで、お茶くらい飲んでっても罰は当たらんよ。定年まで県庁にご奉公した僕が言うんだけん間違いなかよ」

「そうよ、夏葉子さんたら、もう」と姑も親しみを込めた笑顔を向けてくる。

フリーマガジンの仕事など、お遊び程度にしか思われていないらしいが、夫を亡くした今、生活費を稼ぐために必要なのだ。パートなど、どんな仕事でも大差ないと考えているのだろうが、取材して文章を書くことでお金をもらえる仕事が、ほかに見つかるとはとても思えなかった。

「三十分くらいなら……」それなら、なんとか三時からの会議に間に合いそうだ。

「そうこなくちゃ」と舅が満足そうにうなずく。

タクシーで市の中心地まで行くと、「さあ、こっちだ」と舅に押し込まれるような形でカフェに入った。コーヒーを注文してから思わず腕時計を見ると、「やあねえ」と姑が言う。これ見よがしの演技とでも思ったのか。

「ねえ、夏葉子さん」と姑は、真顔でこちらを見た。

「私たちには、もうあなただけしかいないのよ」

「えっと、それは……どういう意味でしょうか？」

本当は尋ねなくてもわかっていたが、わざとわからないふりをした。

「堅太郎が死んだんだもの。弓子はあんなだし、頼りになるのはあなただけなの」

「夏葉子さんは我々にとって、娘も同然やけんね」

「あなた、その言い方はおかしいわ。同然じゃなくて娘そのものよ。苗字も高瀬なんだし。孫がいればもっとよかったけれど……」と言いながら、姑はスプーンに載ったレモンの輪切りを紅茶に沈めた。

全身の神経が毛羽立（けばだ）ってくるようだった。小さな鳥かごに閉じ込められたような気分になる。

次の瞬間、夏葉子は腕時計を見ると、バッグを持ってすっくと立ち上がっていた。

「本当に申し訳ないんですが……」

「コーヒー、まだ半分も残ってるじゃないの」

隣に座っていた姑が、夏葉子の喪服のジャケットの裾を引っ張った。あろうことか、夏葉子は反射的に裾を手で振り払った。ジャケットを引っ張る姑の力の異常な強さにゾッとして、手が勝手に反応してしまったのだ。

姑が驚いた顔でこちらを見上げている。

「本当にすみません。会議が始まってしまいますので、失礼します」

無理やり茶目っ気のある笑顔を作り、ぺこんと頭を下げて、ドアに向かった。

背後で呼び止める舅の声がしたが、振り返らなかった。

喫茶店を出て幹線道路までダッシュして、タクシーに手を挙げた。

まさか喪服のまま会社に来るとは思っていなかった。

いったん家に帰り、着替えてから出社するつもりだった。それを思うと、いっそう腹立たしかった。最愛の息子を亡くした舅姑に対する同情心さえ心の中から消え失せていた。

自分は今、はっきりと怒っている。

それまでは、怒ってはいけないと自分に言い聞かせていた。夫が早死にしたのだから親族が悲しみに暮れるのは当然だ。そんな中で、ちっとも悲しんでいないのは自分だけという負い目もあった。舅姑にしてみれば、優秀な長男を亡くし、家には引きこもりの弓子しかいない。これからどんどん年を取っていくし、頼りになるのは嫁の夏葉子しかいない。そう考えるのも世間一般では普通のことなのだろう。だから自分が怒りを持つのは筋違いだと思ってきた。

でも今、自分は頭にきている。今さらだが、自分の本心を見た思いだった。

会社の入っている雑居ビルに駆け込んだ。狭いエレベーターが八階に着き、ドアがのろのろと開くのがまどろっこしい。両手で無理やりドアを左右にこじ開けるようにして飛び出ると、ロッカールームへ急ぐ。ルームとは名ばかりで、通路にロッカーが並べられているだけだ。コートや上着を脱ぐことはあっても、着替える人はいないから、男女一緒でドアもない。

壁の時計を見ると、会議の五分前だった。

夏葉子は急いで喪服のジャケットを脱ぎ、置きっ放しになっていた赤いカーディガンを羽織った。ロッカーの扉についている小さな鏡を見ながら、束ねた髪につけていた黒いリボンを外し、紺地にサーモンピンクの花柄のハンカチを髪ゴムの上から縛る。

「なるほど、よかじゃなかと」

感心したような声に振り返ると、二階堂の妻の澄子が腕組みをしてこちらを見ていた。澄子は事務方を一手に引き受けている正社員の一人だ。

「高瀬さん、可愛いかよ。黒いワンピースに赤いカーディガン、そいにポニーテールも古き良き時代のアメリカの高校生のごたる。喪服には見えんよ。いつもより若々しか」

澄子は、いつも穏やかで優しくて、夏葉子は大好きだった。

「ありがとうございます。なんだか、吹き荒れる荒野で陽だまりを見つけたようです」

「いったい、何のことね」と尋ねながら、澄子はフフフとさもおかしそうに笑った。

「高瀬さん、何かあったと?」

「ええ、まあ、ちょっと」

「まっ、どっちにしても大げさたいね」

いつもの明るい笑顔に、気持ちが和んでいく。

「さあ、ぼちぼち会議の始まると。急がんね」

「はい」

小走りで自分のデスクまで行き、資料やノートを抱えてから会議室のドアをノックした。

ドアを開けると、開始時刻の一分前だったが、メンバーは既に全員、揃っていた。

「おお、高瀬さん、来たか。じゃあ始めるとすっか。まず初めに前号の反響だが」

二階堂はそう前置きするると、ぐるりと会議室を見まわしてからニヤリとした。

「評判はなかなかよか。広告主になりたかゆう企業から連絡があったと。そいも二社も」

「生活に根づいとるけんやろうね」

「私の知り合いのほとんどが読んどるけんね」

「表紙が黄色っていうとがよかよね。郵便受けに入っとってもすごう目立つもん」

それぞれがバラバラに意見を言うのもいつものことだ。

「翔太(しょうた)、アンケート結果はまとめておいてくれたか?」

二階堂は、アルバイトの大学生に尋ねた。

「はい。最も評価の高かった記事は『譲ります・もらいます』の欄でした」

「またかよ」と二階堂が溜め息をつく。

「断捨離がいまだに流行(はや)っとるけん」

「あいは一時の流行じゃなかやろう。家の中に物ば溜め込んどる人がいっぱいおるけん」

「人にあげれば粗大ゴミのシールば買わんで済むっけんね」

「もらいた人も増えとっと。やっぱい不景気だけん」

パート主婦や学生アルバイトが次々に発言する。

「俺はまっと高尚なマガジンにしたか。例えば俺が巻頭に書いた『地元ゆかりの俳人』の欄が、アンケートでトップにくるような」と二階堂が残念がる。

「二階堂さん、その記事は最下位でした」と翔太がにべもなく答えた。

「マジか」と二階堂は溜め息をついた。

あちこちから失笑が漏れる。

「今どきの若い主婦は共働きが多かから、そがん悠長なのダメばい」

「そうですよ、まっと実用的な記事じゃないと」

少人数の会社だけあって、記事に関して、言いたいことを言える雰囲気があった。

「実用的と言えば、こんマガジンば持参したら美容院二割引きてゆうとはどうやろう」

「おいおい、そこまで商業ベースに乗せるとか」と二階堂は眉間に皺を寄せる。

「美容院も競争が激しかけんが、何軒か当たってみましょうか」

「そいか……試しにやってみるか。翔太、一番目に人気があったのはどの記事だ？」

「はい、これも前号と同じで、『安か、うまか簡単料理』です。そん次が『雰囲気のあるランチカフェ』で、そん次が『市役所からのお知らせ』です」

「そうか、わかった。こいからも街ば歩いて珍しい物や人ば見つけたら、どんどん取材してくれよ。普段の暮らしから感じるもんが重要だけんね」

「新しかコラムはどうすっけんか？」

「誰か、よか案はあるか？」

「はい」と手を挙げたのは正社員の男性だった。といっても、二階堂の甥っ子だ。

「お嫁さん特集てゆうとはどうやろう。老舗の若嫁さんば紹介すっと」

「おっ、そりゃよか」と二階堂はすぐに食いついた。

「老舗ならエピソードがたくさんあるやろうからな。店の宣伝にもなるから、取材もすぐにオーケーしてくれそうだしな」

「よかかもしれんね。舅や姑に仕えとる苦労話も聞けるかもしれん」

「毎号ひとりずつ老舗の若嫁さんを紹介することにしよう。担当は高瀬さんが適任たい」

「えっ、私、ですか？」

　いきなり二階堂から指名されたので、びっくりした。

「高瀬さんは、ダンナさんに死なれても、舅や姑に仕えとって立派やけん」

　二階堂は褒めたつもりなのだろうが、女性陣が夏葉子を見る目に冷たいものが含まれているように思えた。いい嫁ぶって、封建的な男たちに気に入られようとしている。そうとられたのかもしれない。

「別に、私は仕えてはいないのですが」と慌てて言った。そうしないと、女性同士の関係がまずくなる。

「でも……是非、私にやらせてください。面白そうですから」

積極性を見せておいた方がいいだろうと咄嗟に判断した。というのも、先月、パート主婦がひとり辞めたので欠員募集をしたところ、百人以上も申し込みがあったと聞いたからだ。一度手放したら、パートであってもこういった仕事に再び就くのは難しい。取材して記事を書くという仕事を、今後も続けていきたかった。


休日にひとりで家にいるのが嫌だった。嫌な気持ちが身体中に充満している感覚があった。「ストレスが溜まる」とは、まさにこういう状態を言うのではないか。「ストレス」という名の物体が、胃の辺りに何十個、いや何百個も溜まってパンパンになっている。

カフェに入り、コーヒーと佐世保バーガーを頼み、スマホで通販サイトの洋服を見るが、内容が頭に入ってこない。さっきから同じワンピースばかり睨んでいた。何もかもが腹立たしくて悔しくて悲しくてたまらない。

カフェを出てからも、まっすぐ家に帰る気にはなれず、ふらふらと中心街を歩いた。そろそろ夕刻になる。洗濯物を取り込まなきゃ。早めに入浴を済ませて、夕飯は……。考えながら歩いていると、カラオケルームから学生たちのグループが出てきたのが見えた。みんな笑顔ではしゃいでいる。これから居酒屋にでも繰り出すのだろうか。

学生は自由でいいなあ。自分も大学生の頃はああいった感じだった。

あれ？　今の自分も自由ではなかったか。夫もいないんだし、自由気ままなひとり暮らしができるのではないのか。

洗濯物を取り込むのなんか、夜遅くでも明日でもいいではないか。夕飯だって入浴だって掃除だって、今までみたいに規則正しい生活は、もうやらなくていいんじゃない？　大人なんだし、ひとりなんだし、好きなように生きていっていいんじゃなかったっけ？

そのとき、どこからか音楽が聞こえてきた。

あっ、この旋律……聞いたことがある。

なんと物哀しいのだろう。

説明のできない感情が、胸の奥から溢れてきた。あとからあとから怒りや悲しみが堰を切ったように流れ出る。アンデス山脈の曲だ。行ったこともないのに、寒く乾いた山を連想させた。この曲は何だったか……そうだ、『コンドルは飛んでいく』だ。

周りを見渡してみた。どこで演奏しているのだろう。音のする方へ歩いていくと、十字路の広場で、男性四人組が民族楽器をかき鳴らしていた。色とりどりの原色の糸でできたポンチョのような民族衣装を着ている。そのうち三人は、浅黒い肌と彫りの深い顔立ちをしていて、南米の出身だろうと思われた。残るひとりは、たぶん日本人だろう。肩幅の広い長髪の男性だった。自分と同年代だろうか。

行き交う人々が、足を止めて聞き入っている。観光客らしき人たちもいた。

夏葉子は目を閉じて耳を傾けた。

演奏が終わり、ふと目を開けると、積もりに積もった疲労感のようなものが、少し癒（いや）された気がした。

――毎月、第一と第三土曜日、午後四時から、ここで演奏しています

段ボールの切れ端に書かれた文字が見えた。

――CD一枚千円

ギターケースの中にCDがたくさん入っている。

思わず財布を開き、千円札を一枚取り出していた。次の曲が始まった。前へ進み出たとき、笛を吹いている男性が、夏葉子に向かって軽くお辞儀をしてウィンクを送ってき

た。「ありがとう」という意味なのだろう。彼が顎で指し示した方を見た。路上にテンガロンハットが逆さにして置かれている。そこに千円札を入れて、ＣＤを一枚抜き取ると、南米系の男性たちが嬉しそうに微笑んだ。

家でこの音楽に浸って、思いきり泣こう。

自宅の最寄りの駅で路面電車を降りたとき、雨がぽつんと頬に当たった。すぐ前のコンビニで傘が売られているのが目に入ったが、そのまま雨に濡れて帰ることにした。

両手を広げ、顔に雨を受けた。悲しみも苦しみも何もかも洗い流してしまいたかった。しばらく歩き、坂の下から家を見上げると、リビングに明かりが点いているのが見えた。

「ええっ、もう、いい加減にしてよっ」

雨の中、大声を出していた。もううんざりだった。ひとりになって、ＣＤを聴きながら泣きたかったのだ。

玄関を開けると、「お帰りなさい」と姑の声がした。

「いらしてたんですか」

リビングで姑が洗濯物を畳んでいた。和室から線香の香りが流れてくる。

「たまたま近所に来たら雨が降ってきたのよ。だから、もしや夏葉子さん、洗濯物を干したままなんじゃないかと思って来てみたの。そしたら予感的中だったわ」

わざとらしいほどの満面の笑みだった。

「それは……どうもありがとうございます」

——うちの鍵を返してください。

言う勇気がなかった。だから、意地悪な質問をした。

「この近所に用事って、何だったんですか？」

「え？　うん……まあ、ちょっとね」

たまたま通りかかったんじゃなくて、最初からここに来るつもりだったんでしょう。だったら前もって電話かメールを寄越してくださいよ。

「もう八時を過ぎてますよ。お義父さんを放っておいて大丈夫ですか？」

そう尋ねると、姑はウフフと明るく笑って言った。「それはこっちの言う台詞よ。こんな時間まで、夏葉子さんこそどこへ行っていたの？」

答えたくなかった。知られたら困るようなことなど何もしていないが、プライベートに土足で踏み込まれるようで嫌だった。

あれ？　知られたら困ることって、例えば何？

夫が死んで、あまり日にちが経っていないのに恋人ができたとか？

それって、知られたら困ることなのだろうか。それは不道徳なことなのか。

だったら、来年ならいいの？　それとも三年後？　それとも五年後なら許されるの？

もしかして……ずっとこの先も、そんな自由などないのでは？

だって自分は「高瀬家の嫁」なのだから。

「同僚とカフェでおしゃべりしてたんです」

「あら、そう。いいわね。どこの喫茶店？」

「カフェ『天主堂』ですけど」

「ああ、あそこね。私も日本画教室の帰りに仲間とよく寄るのよ。雰囲気がいいわよね」

あのカフェにはもう二度と行かないと決めた。マスターや常連客に監視されているような気がする。考えすぎかもしれないが、もう心から寛ぐことはできない。

「お義母さん、洗濯物は私が畳みますから。そこら辺に放っておいてください」

「いいのよ。遠慮しないで。もうすぐ終わるから」

姑の手から、花柄のパンティを力任せに奪い取ってやりたい衝動に駆られた。

「じゃあ、お茶を淹れますね」

「あ、そうそう、冷蔵庫に浦上そぼろを入れておいたわ。作りすぎたもんだから」

たまたま通りかかったという割には、家から惣菜を持ってきている。浦上そぼろというのは、長崎の郷土料理で、豚肉を牛蒡や筍などと甘辛く煮たものだ。

「夏葉子さん、ちゃんと食べてるの？」

洗濯物を畳み終わり、夏葉子が淹れたお茶を姑は美味しそうに飲んだ。

「ええ、もちろん食べてますけど？」

「冷蔵庫の中がスカスカなんだもの、心配になっちゃったわ。たまには、うちに食べにきていいのよ。ううん、毎晩でもいいくらいよ。最低でも土日は毎週来ればいいのに。家族なんだから遠慮しなくていいのよ」

「はい、またそのうちに」

「ひとり分を作るのは面倒でしょう」

「いえ、それほどでも……」

夫は、「仕事で遅くなるから夕飯は要らない」と言うことが多かった。だからひとり分を作って食べるのは慣れていた。

「それよりお義母さん、堅太郎さんの形見分けをしたいのですが、親戚の中で堅太郎さんと背格好の似た方はいませんか？」

「今度、声をかけてみるわね。だけど甥っ子たちはみんなおしゃれにこだわりがあるし、高給取りばかりだから、きっと要らないわ。朝子さんの長男だけは別だけど……でも、あの子はスーツなんて着ないから」

朝子の長男は働きもせず、いまだに親からの仕送りで東京で暮らしていると聞いている。

「そうですか、でしたらスーツや靴などはこちらで処分します」

「処分するって、どうやって？」

燃えるゴミに出すつもりだった。だが、姑の咎めるような目で、言いづらくなった。

「フリーマーケットをやっている知り合いがいるものですから」

「堅太郎の物を知らない人にあげてしまうの？」

「売上金を養護施設に寄付するそうですから……」

また一段と嘘がうまくなったと思ったら、悲しくなった。

「夏葉子さんは堅太郎の思い出が消えてもいいの？」

本当は何もかも全部捨ててしまいたいんです。できるならば業者を呼んで、「この部屋の物を全部捨ててください」と言いたいんですよ、お義母さん。

「堅太郎さんは普段着や文房具をたくさん持っていましたから。スーツや靴を処分したところで、まだまだたくさんあるんですよ」

「それにしたって……」

「でしたら、お義母さんのお宅に運びましょうか？」

「うちに？　何のために？」

「お義母さんのお傍に堅太郎さんの思い出を置いておくのもいいんじゃないかと思って」

「うちには置くところがないわ」

「まさか、あんなに広いお屋敷なのに……」

「物が多いのよ。把握しきれないほどの着物や帯を持っているし、お父さんのゴルフクラブも数えきれない。書斎は本で埋もれているし」

「……そうですか」

「それに比べて、このうちはきちんと片づいているわね。物が少なくて羨ましいわ」

姑は、いったい何をしに来たのだろう。単におしゃべりをしに来たのか。

親しみを持たれているのはわかる。嫁とのおしゃべりを楽しみにしている素振りは、結婚以来ずっと感じてきた。自分も、上品で優しい姑に憧れを抱いていたはずなのだが、最近はできれば会わずに済ませたいという思いが強くなっている。

あっ、もしかして、姑は変な噂を聞いたのではないか。だからわざわざ様子を見にきたのではないだろうか。だから、こちらからあっさりと言ってみた。

「この前、白川豪さんがいらしたんですよ」

「えっ堅太郎の同級生の？　あら、そうだったの」

——男が出入りしている。

そう聞いただけで、白川豪だとは知らなかったのか。

「お義母さん、ひとつお聞きしたいんですが」

「何かしら」

姑は、湯呑を両手で温めるようにして持ち、こちらに笑顔を向けた。

「三沢くんが会社の荷物を持ってきてくれたときがありましたよね。あのときも男の人が出入りしていると誰かからお聞きになったんでしょう？　この近所にお義母さんのお知り合いがいらっしゃるんですよね？」

「三沢くんのときは、私のお友だちが偶然通りかかったのよ」

「……そうですか」

釈然としなかった。それは、どこにお住まいの方ですか。お名前はなんとおっしゃるんですか。そう問い詰めてみたかった。

「そろそろ帰るわね」

姑が立ち上がった。

夏葉子は疲れていたが、夜遅くに年寄りを放り出すこともできず、姑を車に乗せて家まで送っていった。


再び帰宅すると、戸締まりをしつこいほど確認し、部屋の光が一ミリも外に漏れないようにと、カーテンをぴっちり閉めた。常に監視されているようで落ち着かなかった。

私のおうち、赤煉瓦の可愛いお城……。

あんなに好きだったのに、家に対する愛着が日に日に薄まっていく。

洗濯物を二階の箪笥にしまい、テレビを見ていると、三沢から電話があった。

「珍しいわね。三沢くんが電話くれるなんて」

——お節介だとは思ったんですが……。

何やら言いにくいことらしい。

「どうしたの？」

——先週やったか、街で高瀬さんのお母さんにばったりお会いしたとです。そいで喫茶店に誘われまして。『堅太郎の思い出話を聞きたいの、会社での様子も教えて』とおっしゃって。

「それはありがとう。お義母さんも喜んだでしょう」

――話ばするうちに、お母さんは何やら要らぬ心配ばされとることがわかりまして。

「要らぬ心配って、どんな？」

――奥さんが実家のある東京へ帰ってしまうんじゃないかとか……色々と心配ごとばおっしゃるんです。

「へえ、お義母さんがそんなこと考えていたなんて知らなかったわ」

――僕もびっくりですよ。だけん、そげんこと絶対にありませんって言ってあげました。

三沢はいったい何を言っているのだ。三沢と何の関係がある。そして、どうして「絶対」などと他人のことを決めつけるのか。わけがわからない。

「それで？　東京へ帰る以外にも色々って、例えば？」

――苗字ば高瀬から旧姓に戻すんじゃなかかとか、誰かと再婚するんじゃなかかとか。奥さんがまぁだ二十代やっていうんなら、そげん心配もあるやろうけど、今さらそがんことあるわけないとに。高瀬さんのお母さん、なんか気が弱くなってるようでしたよ。

高瀬さんが急死してから一気にお年ば召された感じでした。やけん、もうちょっと……。

そこで、三沢は言い淀んだ。

「何？　もうちょっと？　なんなの？」

――差し出がましいことば言うようですが、奥さんがお母さんば映画とか芝居とか買い物なんかにちょくちょく誘ってあげたらどがんかなと思いました。そしたら、ありもせんことば想像されることもないだろうと思うんです。

どうして、ありもしないことなのか。

二十代の嫁ならまだしも、四十代の嫁が新しい未来を切り拓くわけがないというのか。

旧姓に戻したり、東京へ戻ったりするのが、嫁として非常識な行ないなのか。

舅や姑に別れを告げることは、血も涙もない人間なのか……。

「どうも、わざわざ電話ありがとう」

電話を切ってから、今日買ったばかりのＣＤを聴いてみた。

がっかりした。生演奏とは違い、哀愁が心に迫ってこない。感情が揺さぶられなかった。

確か、第一と第三土曜日に演奏していると、段ボールの切れ端に書いてあった。

次の演奏のときには必ず聴きに行こう。

6

数日後の夜、サオリが突然訪ねてきた。

「何か御用でしょうか？」

玄関に立ったサオリを見たとき、思わずつっけんどんになってしまった。

サオリの服装も気に食わなかった。紺のワンピースなのだ。それも、白いレースの襟がついている。まるで女児のピアノの発表会みたいだが、妙に似合っているのが腹立たしかった。四十半ばを過ぎて、「清楚」だなんて……。

「もう一度お線香ば上げさせていただきたいと思いまして」

消え入るような声で言う。どこまでも弱い女を演じるつもりらしい。

もう夫は死んだんですよ。何で今さら妻を苦しめるんですか。

いったい何が目的なんですか？

喉元まで出かかった言葉を呑み込む。

夫が亡くなったあとでも、まだ妻を傷つけたいのだろうか。そうしないと気が済まないのはなぜなのか。サオリさん、あなたの性格を疑うよ。良識を疑うよ。

「申し訳ないんですが、お墓の方へ参っていただけないでしょうか」

「えっ？」

「もう納骨したんですよ」

「ああ……そうでしたか」

「お墓は寺町通りにある高富久寺ですから」

「でも、私なんかが勝手にお参りするのもなんだか……」

「かまいませんよ。いつでも自由にお参りしてやってください。いちいちこちらに断わっていただく必要もありませんので」

暗に、もうここへは来ないでほしいと言ったつもりだった。

「実は……お話ししたかことがありまして」

「話、ですか？　どんなお話でしょう」

「私と堅太郎さんのことなんですが」

「は？」

不快だったのは、サオリの顔つきだった。いかにも訳ありげだった。妻を目の前にして、あなたの夫とは込み入った事情があったんですよと、わざわざ言いにきたのだろうか。

——気になることがあれば、とことん追及して真実ば知った方が精神的にもよかよ。

千亜希の言葉が蘇った。

知れば知るほど心の傷は深くなる。だが、ああでもないこうでもないと想像し続けるのも苦しい。サオリとはこれ以上かかわりたくないという気持ちが強かった。だが、この機会を逃すと永遠に夫のことを知らないままかもしれない。

「こん前は白川くんが一緒やったから言えんかったけん」

「それでは……お上がりください」

スリッパをすすめてリビングに通し、お茶を出した。

サオリとは直角の位置になるソファに腰を下ろした。向かい合わせに座ると、ひどく気疲れしそうな予感がした。サオリが強者で自分が弱者だった。サオリは全てを知っていて、自分は妻なのに何も知らない。夫から見たサオリは女としての魅力に溢れていて、自分には欠片（かけら）もない。

「実は私……」

サオリは、重大なことを打ち明けようかどうか迷っている風だった。見ようによっては芝居じみている。

「何でしょうか」

夏葉子は事務的な声で応対するように努めた。

「今さら言いにくいことなんですが……」

だったら言わなきゃいいじゃない。言いにくいことなら言わない方が気が楽でしょ。茶化して大声で笑ってやりたい衝動に駆られる。どんな事情があるにせよ、既婚男性から送金してもらって平気な顔をしていられること自体が、常識の範疇を超えている。

「実は、堅太郎さんが亡くなるまで、生活費ば援助していただいていたんです」

「はい。それで？」

平気な顔を装ってみた。するとサオリは、心底びっくりしたような顔でこちらを見た。

「まさか……奥さんは、そのことご存じだったんですか？」

「もちろん知ってましたよ。夫のお給料は妻である私が管理していましたから。サオリさんの口座に毎回振り込んでいたのは私なんですもん」

自分には女優の才能があるのではないかと思うほどだった。

鏡があれば、顔つきを見てみたかった。きっと堂々としていて、誰も疑わないだろう。

「そうやったんですか……」

「で、お話というのは？」

「私にお金ば振り込むことを、奥さんは変て思われんやったとね？」

「そりゃあ、まあ」

「私と堅太郎さんは高校時代からおつき合いばさせてもろうておりまして」

サオリは静かに語り始めた。

「堅太郎さんのご両親に交際ば猛反対されて泣く泣く別れたんです。でも堅太郎さんはずっと私のことば心配してくれて、サオリへの愛は変わらんとまで言ってくれて……」

俯（うつむ）いて、ハンカチを握りしめている。

いったい、この女は何しにきたのか。わざわざ妻を傷つけにきたのか。

「もしかして、今後も送金してほしいとおっしゃってるんですか？」

こんな言葉が自分の口から飛び出すとは思いもしなかった。昔から女同士の争いごとが苦手だった。それなのに、すらすらと勝手に、この口がしゃべってしまう。それも、かなり的確に相手を傷つける言葉だ。

思った通り、サオリは蒼白になった。

「私、そげんことば言いにきたのではありませんっ」

いったい何を怒っているの？　怒る権利があなたにあるの？

次の瞬間、頭の中に、ぽっとソロバンが思い浮かんだ。送金は、五万円から十万円。

それが年に五回から六回。それが約二十五年。どんなに少なく見積もっても……えっ、六百二十五万円？　あまりの額の大きさに、夏葉子は声を上げそうになった。

サオリさん、怒るのならこの額を耳を揃えて今すぐ返してよっ。

「堅太郎さんから私のことを聞いていらしたてゆうとは本当なんね？」

「もちろんです。こんなに仕送りをしなければならない女性とは、いったいどういう人か気にならないわけがないでしょう」

「前回ここに伺ったとき、私のことを知っとってなかったごとお見受けしたけど」

「想像していたのとあまりに違っていたから、まさかあなたがサオリさんだとは……」

「どげん想像ばなさってたんですか」

こんなに清楚で可愛らしい方とは思いませんでした……とでも言うと思っているのだろうか。サオリは期待の籠ったような目でこちらを見ている。

「もっと肉感的な女性を想像していました。ああいう夫でしたから」

「ああいうって？」

「夫はとても性欲の強い人でしたから」

いったいい自分は何を言っているのだろう。長い間、セックスレスだったではないか。

サオリは、ひと目見て傷ついたとわかる表情をした。いつまでも夫を繋ぎ止めておいて、金を引き出そうとする女など、立ち直れないほど傷つけてやりたい。

「夫はああ見えてワイルドっていうんでしょうか。肉付きのいい女性が好きでした。テレビを見ていても、グラマーな女性に目を奪われているようでしたから」

痩せているサオリは、俯いて湯呑を持ち上げた。先日、姑がしたように両手で温めるようにして持っている。

「堅太郎さんは私のことば、どげん風に？」

上目遣いでこちらを見た。玄関から入ってきたときとは違い、自信のなさそうな目つきになっていた。

「サオリさんのことは……貧乏で哀れな女性だと言っておりましたが？」

「そんだけのことで、奥さんは納得されたんですか？　私に送金することば」

「まさか。いくら貧乏で、昔つき合ったことがある女性だとしても、お金を援助するなんて冗談じゃないと思いました。だから主人を問い詰めたんです。そしたら……」

そしたら？　そしたら何なんだ？

夫を問い詰めたら、夫はどう答えたんだ？

どうする？　どう答えたことにする？

頭の中で目まぐるしく考えた。

「堅太郎さんはなんて答えたんですか？」

「具体的なものはなかったんです。ただ……タチの悪い女だからと」

「タチが悪かって？」

「はい、それ以上は怖くて聞けませんでした。主人も君は知らない方がいい、かかわらない方がいいと言っていましたから。もしかして脅されているのかなと思っていました」

「そがんこつ……」

「違うんですか？　夫を脅していたんでしょう？」

「まさか。堅太郎さんは私ば大事にしてくれました。そん証拠に身体の関係はなかったとです」

夫にとって「永遠のマドンナ」だったというのか。肌も触れ合わなかったほど大切な女性だったと。サオリの言葉がグサリと心臓に突き刺さり、永遠に癒えない気がした。

夏葉子は次の瞬間、アハハハと思いきり高笑いしてみせた。

自分は大女優になる素質があるのではないか。冗談抜きでそう思った。

「プラトニックだったたって？　フフフ、まるで高校生ですね」

「奥さん、ご存じやったとですか？」

「当たり前でしょう。私は妻ですよ。夫からは毎回相談を受けていました。お金を送らないと何をされるかわからないと。もううんざりだ、勘弁してもらいたいと言ってました」

「そがんこつ……私は信じません」

今にも泣きそうに唇をかみしめている。

「ところで今日は、うちに何しにいらしたんですか?」

「私と堅太郎さんの関係ば奥さんに知っておいてもらいたかったとです」

「何のために?」

「奥さんに知られんままなんて、あまりに悲しかやけん」

自分の気が済むためなら、相手を傷つけてもかまわないと考えている。自分の友人に、こういうタイプはひとりもいない。

「ご安心ください。私はずっと以前から知っていましたから。これで気が済みましたか?」

「お願いがあります。前回来たときも言いましたが、何か遺品をいただけんかと」

「遺品はひとつ残らず夫の実家に運んでしまいました」

今日は頭が冴えている。思った通り、サオリは困ったように眉根を寄せた。

「ですから、形見分けが必要でしたら、夫の実家を訪ねてみてください」

「……そうですか」

うなだれながら、サオリは立ち上がった。「お邪魔いたしました」

サオリが帰っていったあと、『コンドルは飛んでいく』のCDを聴いた。

まるで二日酔いみたいに、胸がむかむかして気分が悪かった。サオリに対してというよりも、嘘八百を並べた自分、品のない自分、「性欲」なんていう言葉を人前で口に出した自分、サオリと同じレベルに成り下がった自分、夫への憎しみ……全てが混じり合って叫び出しそうになる。

ヘッドフォンをつけて大音量で聴いた。でもやっぱり生で聴くような、心に迫ってくる感動がなかった。

また聴きに行こう。早く第三土曜日が来ればいいのに。

ああ、もう何もかも嫌だ。バカヤロー！　心の中で、夫に向けて大声で叫んだ。

バカヤロー、バカヤロー、バカヤロー……。

何度も何度も繰り返した。夫が亡くなってから、初めて声を上げて泣いた。

それは、夫と死別した悲しみではなく、夫と分かり合えなかった悔しさ、サオリという女に屈辱的な目に遭わされた悔しさだった。

演奏が終わった。

商店街の十字路にある広場に佇(たたず)んでいた夏葉子は、リーダー格らしい男性に手招きされた。グループの中で唯一日本人だと思われる男性だ。手招きされたのがまさか自分のこととは思わず、周りを見渡してみたのだが、どうやら自分のことらしかった。男性にゆっくりと歩み寄った。「私でしょうか?」

南米から来たと思われる三人の男たちは、帰り支度をしている。

「最近よく聴きに来てくれるね」

「はい、聴くたびに感動してしまって」

「嬉しかこと言ってくれるなあ」

「ほかの三人は、アンデス地方から来た方なんですか?」

「そうばい。みんなペルー人だ」

「どういう経緯で知り合いになったんですか?」

「話せば長かけど……」

「南米に住んでたことがあるとか? その笛みたいな楽器はそこで習ったんですか?」

男性はハハッと声を出して笑った。

「そがん質問攻めにせんと」

「あ、ごめんなさい」

「こんあと、お茶でんどう？　すぐそこん喫茶店で」

咄嗟に頭に浮かんだのは、舅と姑の顔だった。また詮索されるかもしれない。だが、せっかくの休日なのだ。むしゃくしゃしていたし、たまには気晴らしがしたい。

「そいとも急ぎの用でもあると？」

迷いが顔に出ていたのだろう。

「いえ……」

「やったら、よかじゃなか」

この素晴らしい音楽を奏でる男性のことをもっと知りたかった。四十歳前後に見えるが、そんな年齢になってもまだ天真爛漫な笑顔でいられる。自分とは別世界で暮らしている。こういった類いの人間と話をすれば、自分も全てから解放されるような、そんな自由の匂いがした。

だが誰かに見られたら？　また姑に告げ口されるかもしれない。

あっ、取材対象だと言えばいいのでは？　確か二階堂も会議で言っていたではないか。

――街ば歩いて珍しい物や人ば見つけたら、どんどん取材してくれよ。普段の暮らしから感じるもんが重要だけんね。

これはと思ったものは、チャンスを逃さず取材した方がいい。外国人と駅前で音楽を奏でている。それほど珍しい光景ではないが、自分の知り合いにこういった人間はいないのだから。

すぐ近くのカフェに入った。自分はコーヒー、男性はミルクセーキを注文した。長崎でいうミルクセーキとは、卵と練乳と砂糖とかき氷を混ぜたもので、シャーベットのような食べ物であって、飲み物ではない。千亜希も舅も、このミルクセーキが大好きだ。

「お名前をお聞きしてもいいですか？　それと、ご出身はどちらですか？　経歴も教えていただいていいですか？」

仕事で取材するときのように、気づかないうちに矢継ぎ早に質問してしまっていた。こういった人と知り合ったことがなかったので、生い立ちや考え方に想像が及ばないし、どうやって生計を立てているのかも疑問だった。

「ほんと、ずばずば聞いてくれるよねえ」

彼は苦笑しながらも、ひとつひとつ丁寧に答えてくれた。

それによると、彼は工藤洋輔（くどうようすけ）といい、実家は長崎市内にある。東京の大学を中退してから、放浪の旅に出た。今まで巡った国は三十ヶ国にもなるというからすごい。現地で働きながら旅を続けた逞しさに、夏葉子は圧倒されていた。

工藤がペルー人たちと知り合ったのは日本だという。彼らは、レコード会社の招待で来日したのがきっかけで日本に住みつき、演奏活動を続けている。市町村の音楽祭に呼ばれたり、頼まれて老人施設を回ることもあるらしい。だがそれだけでは食べていけなくて、普段はペルー料理の店で働いている。

「俺はどがん仕事でもやったと。そん中でん、南米の炎天下での道路工事はきつかった」

お坊ちゃん育ちの亡き夫とは、何から何まで違った。

ジーンズもシャツも古びてはいるが、洗い立てのような清潔感がある。笑うと、すべてを包み込むような柔和な表情になる。様々な国で苦労を重ねてきた勲章なのだろうか。深い優しさと男らしさを兼ね備えているように感じられて、なんとも魅力的だった。ミュージシャンといっても「自称」に過ぎないと自嘲する謙虚さもある。ピアスもしていないし、金のネックレスなどをジャラジャラさせてもいない。高校生がそのまま大人になったような素朴さも好ましい。

「さあ、今度は高瀬さんの番だよ。あんたのことも教えてもらうけんね」

「私は特にこれと言って……」

「結婚しとっと？　ちなみに俺はバツイチで子供はおらん」

「夫がこの十月に四十六歳で亡くなりました。脳溢血でした」

「四十六歳で？」

驚いたのか、彼は飲みかけたミルクセーキをテーブルに戻した。

「まぁだ若いとに、大変やったね。僕は四十歳になったばかりやけど、周りのみんなから『とうとう人生の折り返し地点に来たな』って言われたから、あと四十年はあると思おて生きとったよ。でも、そうとは限らんわけたいね」

「ほんと、そうですね。何があるかわかりませんからね」

「後悔せんごと生きたか。いつか行きたかと思おとった場所には、明日にでん出かけて」

彼の言葉で、焦燥感のようなものが込み上げてきた。

自分はやりたいことをやれているだろうか。

死ぬ前に後悔しない人生を送れているだろうか。

「そいに、食べてみたいと思おとったもんは、すぐに食べた方がよかよね」

腕組みをして真剣な顔で言うので、夏葉子は思わず噴き出してしまった。

「俺、何かおかしかこつ言ったかな」と言いながらも、工藤も笑いだした。

「工藤さんの、あの縦笛はなんという楽器ですか？」

「あいはケーナ。南米のペルーやボリビアが発祥たい。俺ん隣でマンドリンに似た楽器ば弾いとったやろう。あいはチャランゴっちゅうて、アンデス地方の民族音楽に使われとる」

「ああいった音楽は、何度聴いても琴線に触れるというのか、身体の芯が震えます」

「そう言ってもらうと嬉しかよ」

そう言いながら、真正面から見つめてくる。その優しそうな眼差しに、どぎまぎしてしまい、思わず目を逸らせた。すると、彼はフフッと笑った。工藤の方が四歳も下なのに、まるで大人の男に射すくめられた女子高生のような気持ちになるのが不思議だった。

「高瀬さんは何か仕事ばしとると？」

「パートですけど、『長崎風土記』で働いています」

「ああ、あのフリーマガジンね、読んでるよ。街の情報が載っててなかなか面白か」

「ありがとうございます。今度、『老舗の嫁』のシリーズを担当することになったんです」

「当てはあると？」

「今から探すところです」

「よかったら紹介すっか？　高校時代の同級生で老舗に嫁いだのが何人かおるけん」

「本当ですか？　助かります。私はここが地元じゃないから知り合いがいなくて」

「えっ、そうね？　出身はどこね？」

「東京の下町です」

「そうやったとか。ずっと標準語だけん、カッコつけとるなあと思おとったとよ」

そう言って、工藤は笑った。更に親しみを込めた笑顔を向けてくる。

「ダンナさんが亡くなったとに、まぁだこっちにおると？　子供もおらんとやろう？」

「私はこの土地が好きなんです。空気もきれいだし、海も見えるし、適度に都会だし、理想的な街だと思います」

「そうか、こん土地ばそげん気に入ってくれたとか。そいで、東京に家族は？」

「両親と妹一家がいます」

「そいでんここに住み続けるのは、亡くなったダンナさんが忘れられんとだね」

「え？　さあ……どうなんでしょう」と曖昧(あいまい)に答えて、コーヒーをひと口飲んだ。

「俺ん同級生が嫁いだ先は、江戸時代から続く鼈甲(べっこう)細工の店と、戦後すぐ復興した老舗旅館だけど、どがんかな」

「是非、紹介してください」

「そいじゃあ、早速、電話してみるばい」

工藤はスマホを取り出すと、その場で電話をかけた。日頃から同級生とつき合いがあるのか、電話番号が登録してあるうえに、気軽に電話できる仲らしい。

「二人ともOKだって。そいじゃあ、そろそろ帰ろうか」

伝票に手を伸ばした工藤を制して、「ここは私が。だって取材相手を紹介してもらえたんですから」と夏葉子は言った。

「そう？　悪かね。ごっそうさん」

立ち上がってレジに向かうとき、何人かの女性がこちらをちらちらと見ていることに気がついた。見覚えのない顔ばかりだが、向こうはこちらを「高瀬家の嫁」だと認識しているのかもしれない。

だから、レジで大きめの声を出した。「領収証をください」

「宛先はどうしますか？」

「長崎風土記でお願いします」

経費を会社に請求する気はないが、これは仕事なのだと周りの客に知らしめたかった。

数日後、待ち合わせ場所へ行った。

工藤の車はびっくりするほど古びていた。今どき日本でペンキの剝(は)げた車に乗っているのは珍しい。相当ガタがきている上に、長い間洗っていないのか埃だらけだ。亡き夫はきれい好きで几帳面だったから正反対のタイプだ。工藤は、ちまちましたことにこだわらない性格なのだろう。

助手席に乗るのは久しぶりだった。老舗旅館は、山を上り詰めた所にあった。威風堂々とした和風建築で、松の枝ぶりが見事だ。

「工藤くん、お久しぶり。こちらが記者さん？」

旅館に嫁いでいる女性は、和服姿で迎えてくれた。その笑顔を見ただけで、工藤が同級生に好感を持たれているのがわかる。色が白くて、剝(む)きたての茹(ゆ)で卵(たまご)のような肌をしている。肌だけ見れば、とても四十代には見えなかった。

「初めまして。『長崎風土記』の高瀬と申します。お忙しいところ急なお願いで申し訳ありません。よろしくお願いいたします」

女性は両手で名刺を受け取ると、「香山鈴子(かやますずこ)と申します。どうぞよろしゅう頼んます。私なんかでよかとやろか」と嬉しそうに微笑む。「さあ、どうぞ、お上がりください」とスリッパをすすめてくれた。

「忙しゅうなかと？」と工藤が尋ねる。

「うん、大丈夫。ちょうど手が空いたところ。いいときに来てくれたばい」

ロビーのいちばん奥のソファに通された。工藤と並んで座り、向かいに鈴子が座る。夏葉子が鞄から(かばん)ノートを取り出したとき、七十代前後と見える大女将(おおおかみ)自らがお茶を運んできてくれた。夏葉子は鈴子の表情の変化をそれとなく観察した。大女将が出てきただけで、背中をぴんと伸ばし、顔に緊張が走った。それを見ただけで嫁の立場の大変さを思った。嫁いで十年以上経つというのに、やはり本当の母娘のようにはいかないらしい。

「本日はありがとうございます。旅館の宣伝にもなるって、みんな喜んどるんですよ」

そう言って丁寧にお辞儀をすると、すぐに奥に引っ込んだ。

夏葉子は次々に質問をしていった。若旦那と結婚した馴れ初め(なそ)から始め、起床から就寝までの日々の生活などを細かに尋ねた。鈴子は丁寧に答えてくれた。

「ここに嫁いできてよかったと思いますか?」

「もちろんです。お義母さんも親切ですし、夫も頼りになりますから」

鈴子がそう答えた途端、工藤がいきなり噴き出した。

「工藤くん、笑わんでよ。ここはこう答えんといけんところばい。誌面に載るんだけん」

「だって、さんざんダンナの悪口ば聞かされとるからなあ」

「しっ、お義母さんに聞こえる」と鈴子は顔を顰めた。

「確かにうちのダンナはマザコンやし働かんし考えが古うて、私は苦労しとるけど」

「ここで本音言うわけにはいかんとか」

「当たり前たい」

「っちゅうことは……取材っちゅうもんは案外難しかね」

「なして？」

「みんなカッコつけて本音で答えんとなると、面白か記事にならんもん」

長崎弁がぽんぽんと飛び交う。

夫がサオリと話すときも、こんな感じだったのだろうか。

方言ならではの微妙なニュアンスは、きっと自分には一生涯わからない。夫の生前も、方言が使えないことで、いつまでも余所者だと感じることが度々あった。郷に入っては郷に従えとばかりに、長崎弁でしゃべってみたこともあったが、おかしいからやめた方がいいと夫に笑われた。もしも子供がいれば、方言を話す子供に育ったのだろう。そういう場合、母と子の会話はどれほどちぐはぐになっただろうか。

「ちょっと失礼」

工藤がトイレに立った。

鈴子と二人きりになると、鈴子はざっくばらんな調子で話しかけてきた。

「高瀬さんは、いつ工藤くんと知り合うたと？」

「つい三日ほど前です」

「えっ、本当に？」

鈴子は目を丸くすると、さもおかしそうに笑った。「工藤くんらしか」

「工藤さんらしい？　というと？」

「彼は行動力があると」

「本当にそうですね。彼は高校時代はどういう感じだったんですか？」

「ひょうひょうとして少年ぽくて、女とは違う生き物だって強烈に意識させられる感じ」

「それ、わかる気がします」

「男の人って、つき合ってみると、女以上に女々しかったりするやろう？　うちの主人なんてまさにそんタイプだけん」とペロッと舌を出す。「でも工藤くんは違う」

「だったら高校時代からさぞかし女の子にモテたんでしょうね」

「そりゃあもうすごか。運動神経も抜群やけん体育祭でん花形やったし」

工藤が廊下の向こうから歩いてくるのが見えた。

「もしかして、いま二人で俺の悪口言うとったと？」

工藤は鈴子の隣に座った。三人掛けのソファなのに、腕が触れ合うほど近くに座ったので、何か心に引っかかる。

「やだ、褒めとったとよ。高校時代の工藤くんはモテモテやったって」

「ああ、そいね。本当に惜しいことばしたと。あいが人生最初で最後のモテ期やったとに、当時の俺は何考えよっとか、硬派ば気取ってもったいなかことした。もしもタイムマシンで戻れるんなら、片っ端からつき合うとに。純情やった当時が恨めしか」

「よく言うよ。そげん純情やったとか？」

「おいおい、変なこと言うなよ」

「だって、だって」と鈴子は、甘えたような声を出し、工藤の肩を何度も叩いている。

だが、工藤の方は平然としている。もしかして、鈴子は高校時代に工藤のことを好きだったのではないか。取り巻きのひとりだったのかもしれない。だが工藤は相変わらずひょうひょうとして、鈴子の方を見ようともしない。そんな光景だった。

「あの頃、工藤くんの噂は色々と耳に入ってきとったもん」

妙に馴れ馴れしい感じがした。それとも、方言だから、そう思うのだろうか。

今までも、自分が蚊帳の外に置かれた気がして、いじけた気分になったことがあった。自分のような余所者が、この街にいつまでも居座っていてはいけないのではないか。そういった疎外感を抱くのは、これでいったい何度目だろう。夫の生前も、自分は東京へ帰った方がいいのかもしれないと思うことが何度かあった。

――被害妄想気味なところがある。

いつだったか、週刊誌の星占いを見ていたら、そう書いてあった。確かに何かにつけ物事を考えすぎるきらいはある。とはいえ、占いなど信じていないから、たぶん、自分に当てはまっていると感じた文章だけを覚えているのだろうが。

「ここにお嫁に来て、何か不満はありますか？」と最後の質問をした。

あまりいいことばかりを書くと、記事として信憑性がなくなってしまう。

「うーん、特にないばってん……あ、餃子かな」

「餃子、といいますと？」

「たまに餃子を作るんです。宿泊客に出すもんやなくて家族の食事用です。私はパリッと焼いたんば好いとるんですが、お義母さんは蒸し餃子の方ば好いとるんです。いっぺんでよかから焼き餃子を食べたいと思おとります」

鈴子は、いたずらっぽい目をしてウフフと笑ってみせた。

「一度でいいからってことは、嫁いできてからずっと蒸し餃子だということですか？」

「そうなんですよう」

「鈴子、お前、大人になったと。うまかこと言うなあ」と工藤が大げさに感心してみせる。

「高瀬さん」と工藤は夏葉子の方に向き直った。「履歴書に短所を書く欄があるでしょう」

工藤の言わんとしていることは、聞かずともわかった。

「あの欄に、自分の本当の欠点ば書くヤツなんておらんよね。俺はすっごい怠け者やとか、めっちゃ要領悪かとか」

「そうですね。そんなこと書いたら、どこの企業も採用してくれないですもんね」

「そいやけんが、みんな判で押したごたる、せっかちてか、のんびり屋てか、毒にも薬にもならんたわいもなかことばあ書くとよ。そいと、焼き餃子の話は通じるもんがあると」

「悪かか？　私だって色々と気ぃば遣うて生活しとっと」

そう言って鈴子は、またもや工藤の肩を叩いた。「本当の不満ば言うわけにはいかんじゃなかかね。取るに足らんごと言うて、あくまでん、可愛いか嫁ば演じんとやっていけん」

「なるほどなあ」

工藤は笑っているが、自分は笑えなかった。

結婚以来、一度も焼き餃子が食べられないというのは、つまらないことではない。一事が万事、家風に背かないよう、我慢して暮らしていると打ち明けているのも同然だ。

「だったら、焼き餃子は外食したときくらいしか食べられないんですか？」と尋ねてみた。

「老舗旅館の嫁が外食すると目立ちますけん。実家に帰ったときに食べてます」

「へえ、そういうものなんですか」

夏葉子は記事にする文章を頭の中で組み立てていた。餃子のことは絶対に書こう。気づく人は気づく。その一方で、たわいもないことだと感じる人も多いだろう。

それでいい。文章から感じ取ることは、読み手の感性や教養レベルなどに大きく左右される。同じ文章でも、鈍感な人にはわからないが、敏感な人にはわかるということも多い。

「私の他には誰ば取材すっと？」

「鼈甲細工の嫁ばい」と、工藤がぶっきらぼうに答えた。

「えっ、美佐ちゃんの所にも行くと？　ふうん」

鈴子は意味ありげに工藤を見る。妙に色っぽい流し目に見えたが錯覚だろうか。

「高瀬さんには俺のＣＤば買うてもろうたから、そんお礼に、あちこち案内すっとよ」

工藤は屈託のない笑顔で答えた。


鼈甲細工の店は、鈴子の旅館から車で十分ほどだった。

格子戸の立派な店構えに魅了され、しばし店の前で夏葉子は佇んでいた。

「歴史が感じられる、素敵なお店ですね」

「へえ、そういうもんかな。俺なんか子供の頃から見慣れとるけんね」

店の全景が写真に納まるよう、道路の向かい側まで下がり、夏葉子はカメラを構えて何度もシャッターを押した。

「ごめんください」

前もって電話で連絡してあったからだろう。店に入ると、奥から美佐子が走り出てきた。

「工藤くん、お久しぶり」

さっきの、どこかアダっぽい旅館の若女将とは違い、見るからに良妻賢母といった、真面目そうな女性だった。奥に工房があるのか、作業している機械音が聞こえてくる。

夏葉子は名刺を差し出して丁寧に挨拶した。

美佐子は押し頂くように名刺を受け取ると、「矢口美佐子です。今日はありがとうございます」と微笑んだ。「ここでよかやろうか」と言いながら、丸い座布団を出してくれた。広い土間が店になっていて、上がり框に腰掛けて話を聞くことになった。

鈴子のときと同じように、夫との馴れ初めから尋ねてみた。

「私は美大の彫刻科ば出とるんです。在学中に鼈甲細工に興味ば持ちまして、卒業後ここに弟子入りしたとです。そい縁で、ここん長男と結婚したとです」

起床は朝五時で、家族の朝食作りから始まり、洗濯に掃除に昼食、夕食作りにと忙しく、幼稚園と小学生の子供がいるため、就寝するまで休む暇もないと言う。

「何か悩みはありますか？」

「家事と子育てに明け暮れて、なかなか仕事ばすっ時間がないとです」

美大を出て弟子入りしたというのに、今は主婦業に時間を取られているらしい。

「お子さんが大きくなられてから、仕事を再開されるということでしょうか」

「実は」と美佐子は声を落とした。「好きな作品ば作らせてもらえんとです。伝統的な物ば作るよう言われとって、そこから逸脱したデザインは舅がよか顔ばせんとです。今どきの若か人は、ただでさえ鼈甲細工に見向きもせんとに、いまだに扇子の形のブローチや簪ば作っとる。生活も苦しゅうなるし、私だけでんパートに出たいんですが……」

「パートに出ることも反対されてるんですか?」

「由緒ある職人の家の嫁がパートに出るなんて冗談じゃなかって、主人も反対です」

どんどん暗い話になってきた。記事にするなら、かなり工夫しなければならない。この企画では実名を掲載する。仮に匿名だとしても、限られた地域の中では、すぐに人物が特定されてしまう。だから、「良いこと」しか書くべきではない。「悪いこと」を書くとすれば、たわいもないスパイス的な要素に留めるべきで、さっきの餃子の話くらいでなければならない。

美佐子の気分を変えるために、「お店の中を見せてもらってもいいですか?」と夏葉子は明るい調子で尋ねた。

「ええ、どうぞ、是非見てやってください」

美佐子の案内で、店内のショーケースを見て回る。後ろから工藤もついてくる。

百万円以上もする宝船や打出の小槌が陳列されている。今どきこれを買う人がいるのだろうかと思いながら、ゆっくりと歩く。次のショーケースは五万円前後の印鑑と帯留めと簪だった。その隣はケースには入っておらず、手に取って見られる、三千円前後の物が並べられていた。

「あ、これ、可愛い」

夏葉子は、子豚を象った三千円のブローチを手に取った。

「そい、私が時間ば見つけて作ったんです。舅は嫌な顔しとったけど」

美佐子は囁くように小さな声で言い、作業場に聞こえはしないかと、店の奥を窺った。

「私が作ったのだけは観光客に売れ行きがよかです。もちろん安うて買いやすいこともあるやろうけどね。だけん、最近は主人も何も言わなくなったと」

夫が褒めてくれるだとか、感謝するというのではなく、「何も言わなくなった」というのが、家族内の上下関係を表していて、夏葉子まで暗い気持ちになった。

「目が可愛いですね。小さいのに、こんなに細部にこだわって作るなんてすごいです。美佐子さんて手先が器用なんですね」

このことは記事にしようと決めた。

「本当はもっと大作を作りたいんですけんが」

ほかにも、ハローキティに似た猫や、可愛らしいウサギのブローチなどがあり、夏葉子は仕事を忘れて見入ってしまった。

「でもやっぱり、この子豚が可愛い」

「みなさんそうおっしゃってくださるとよ。特別に一割引きにすっけん、どがんですか」

「えっ？　あ、いえ、私は……」

ブローチを買いに来たのではないのだった。何をやっているんだ、私。

我に返り、何か聞き漏らしたことはなかったか、もうこれで取材は十分かと、上がり框に戻り、置きっ放しにしていたノートを開いたとき、美佐子は早口で言った。

「二つなら五千円にしておきますけん。お友だちにもひとつ、どがんですか？」

美佐子はなかなかの商売上手らしい。観光客がひとりも入ってこないところを見ると、滅多に売れないのだろう。若い女性が鼈甲のアクセサリーをつけているのを見たことがない。

買わざるを得ない雰囲気ができあがってしまった。

「じゃあ……二つもらいます」

そう言うと、美佐子は弾けるような笑顔になった。

「ありがとうございますっ」

大声が店中に反響した。

店を辞してから、車に乗った。外はすっかり暗くなっていた。

「高瀬さんて、お金持ちばい」

ハンドルを切りながら、工藤がちらりとこちらを見る。

「どうして？」

「五千円も出して、あがんもん買うて」

「だって、可愛くて、すごく気に入ったんです」

断わりづらい雰囲気だったではないか。そう感じたのは自分だけだったのだろうか。だが買ってしまったのだから仕方がない。ひとつは自分が使い、もうひとつは千亜希にプレゼントしよう。

「ちょっとドライブすっか。夜景のきれかところがあると」

ついぞ夫は、ドライブには連れて行ってくれなかった。

稲佐山（いなさやま）展望台で、長崎市内を一望のもとに見おろした後は、街に降りて、点在する教会を車窓から眺めた。キリシタンの歴史があり、鎖国の時代も、ここ長崎だけは外国に門戸を開いていた。唐人屋敷や中華街もあり、異国情緒あふれる独特の雰囲気のある街である。悲惨な原爆の被害から立ち直り、美しい街並みを作った逞しさを思うと勇気づけられる。やはり大好きな街だ。

車に乗ると、「さて、帰るかな」と工藤は独り言のように言ってエンジンをかけた。

工藤は暗闇の中、こちらに顔を向けた。何だろうと思う間もなく、顔が近づいてきて唇が重なった。小鳥がついばむようなキスが、どんどん激しくなっていく。自分の鼓動が聞こえてきそうだった。自分にもまだこんなにときめく気持ちが残っていたとは思いもしなかった。唇を離し、「俺たち別に悪かことしとるわけじゃなかよね」と、工藤は低くて柔らかな声で囁いた。

「俺はバツイチで独身やし、高瀬さんも今は独身たい。誰にも遠慮すっことじゃなか」

独身……なんと自由な響きだろう。

それまで自分は、「独身」ではなくて、ミボージンだと思っていたのではなかったか。

「今日は何時までよかと？」と工藤が尋ねてきた。

車の時計を見ると、八時過ぎだった。

「今から何か用事あると？」

「特にないけど……」

こんな遅い時間から用事があったためしがない。そう考えてみると、なんてつまらない暮らしを送ってきたんだろうと思えてきた。独身の頃は、飲み会やら女子会やら合コンやら親友宅へのお泊まり会やら……そんな多忙な夜など、今となっては遠い昔のことだ。夫の帰りが遅く、子供もいない身となれば、孤独を飼い慣らすために、パッチワークを始めたり、刺繍をしたりと、次々に趣味を増やしていった。でも、それは楽しみなんかじゃなかった。寂しさを紛らわすために、まるで内職かと思うほど必死に取り組んだ。

「そいやったら、ちょっと寄ってってよか?」

「寄っていくって、どこにですか?」

「どこって……休憩せんね」と工藤は言ったきり黙ってしまい、車を出発させた。

全身が心臓になったのかと思うほど、指先までドクドクと波打ってきた。ここで何も言わないと、オーケーの返事をしたと思われるのではないか。いや……それでもいい。自分は自由なんだし、まだ恋だってできる。恋人ができたっておかしくない。いやいや、まさか、そんな大胆なこと、自分にできるわけがない。

「あのう……そろそろ私、帰らないと」

「えっ? さっき用事はなかって」

「あ、すみません……でも、今日は帰ります」

「残念たいね。俺は振られたとね」

寂しそうに笑う横顔を見ていると、やっぱり行きますと言いたくなる。

「また会えると?」

「もちろんです。またドライブに連れて行ってください」

「オーケー」

「今日はありがとうございました。取材先を紹介していただいて、本当に助かりました」

別れが名残惜しかった。


姑からクリスマスは一緒に過ごそうと言われていた。

もし断われば、その日は何の用があるのか、どこへ行くのか、誰と過ごすのかと尋ねられるに決まっている。最近は嘘をつくのも平気になってきたが、どこに人の目があるかしれない。家にいればいたで、「どこにも外出しないで家にいたらしいじゃないの」と言われる可能性もある。クリスマスは工藤と過ごしたかった。だが彼は、ペルー人たちと東京に演奏旅行に出かけてしまった。千亜希を誘ってみたのだが、大学生の息子が冬休みで帰省してきているから忙しいのだと、嬉しそうに語った。だから仕方なく、夫の実家のクリスマスパーティに行くことにしたのだった。

バスを降りると、木枯らしが吹いていた。街路樹の根元に落ち葉が小さな吹き溜まりを作り、バレリーナのようにくるくると華麗に舞っている。

玄関ドアに大きなリースが飾られていた。夕闇が迫る中、緑色に光る電飾が美しい。

「いらっしゃい。よく来てくれたわね」

リビングに入ると、既に十人ほどが歓談していた。朝子夫婦や姑の妹夫婦の顔も見える。

「これ、クリスマスプレゼントよ」

姑から細長い小さな箱を渡された。ネックレスだろうか。包装紙で高級ブランドだとわかったので、受け取ることを躊躇（ちゅうちょ）した。

「遠慮しないでよ。三沢くんのお母さんが勤めているお店に行ってきたのよ。そこで夏葉子さんと同年代の店員さんを紹介してもらって、最適な物を選んでもらったんだから」

高価な物をもらうのが嫌だった。見えない何かに更に縛られてしまいそうで。

「さあ、開けてちょうだい」

無下に突き返すわけにもいかず、のろのろと包みを解くと、グレーの別珍（べっちん）が張られた箱が出てきた。保証書もついている。箱を開けてみると、一粒ダイヤのペンダントが横たわっていた。

「こんな高価なものは……」

大粒だった。プラチナの鎖も太くてしっかりしている。

「いいのよ。堅太郎が生きていたら、このくらいのプレゼントはしたんでしょうから」

夫から最後にプレゼントをもらったのはいつだったろうか。

思い出せないほど昔だ。長崎に引っ越してきてからは、花一輪さえもらっていない。今考えてみても不思議だが、互いの誕生日や結婚記念日には必ず夫は残業や出張で留守にした。土日に当たるときは、泊まりのゴルフコンペに出かけた。偶然とは思えない確率だった。悔しくて寂しくて、いつからか自分も夫には何もプレゼントしなくなった。

——お義母さん、私こんなもの、要りません。

心の中で吐き捨てるように言ってみた。果物とかお菓子とか、食べたら失くなる物の方がよほどいい。

——こんなに高価な物をあげるんだから、私たちのこと一生面倒見てくれるわよね、もちろん引きこもりの弓子のこともお願いね。

そう言われている気がして仕方がなかった。考えすぎだろうか。

またしても、いきなり空気が薄くなった気がして、無意識のうちに深呼吸していた。

「つけてみるといいわ」

姑はそう言うと、ネックレスを手に取って背後に回った。後ろから首を絞められて息ができない。そんなことを想像してしまい、再び思いきり空気を吸って肺を満たさずにはいられなかった。

「ねえ、夏葉子さん、来年の春あたり、私たちと一緒にイタリアに旅行しない？　いいツアーがあるのよ。添乗員も人気のある人なの」

「えっと、イタリア、ですか？」

「もちろん費用はこっちで持つわ」

「とんでもない」

「夏葉子さん、遠慮しないで連れてってもらえばいいじゃないの」

朝子がワイングラスを片手に近づいてきて、明るい調子で言った。

「だって、その間、弓子お義姉さんはどうされるんですか？」

「まあ、夏葉子さんて優しいのね。いちばんに弓子のことを心配してくれるなんて」

「いえ……」

「食事の用意は朝子さんに頼むつもりよ」

「えっ、私に？　そんなこと聞いてないわよ。でも、仕方ないわね。本当なら私もイタリアに連れてってもらいたいところだけど」

そう言いながら、朝子は寿司をつまんでいる。

「少し考えさせてください。家に帰ってから仕事のスケジュールを確認してみないと」

「仕事って、あの無料の冊子の？」

「……ええ、そうです」

あんなの仕事のうちに入らないとでも言いたそうだった。そんなものよりイタリア旅行の方が何倍も大切なのだと。

「行っておあげなさいよ。兄さん夫婦も年だし、これで最後かもしれないんだし。老夫婦二人だけじゃ不安よね」

「添乗員つきのツアーなら大丈夫ですよ」

「それがね」と姑は声を落とした。舅に聞かれたらまずいのか、舅に背中を向ける。

「うちのお父さん、鼾がすごいの。でも夫婦別々の部屋にしたら、他のツアー客に変な目で見られるでしょう。だから夏葉子さんと私を同じ部屋にして、お父さんは一人部屋にするの。親子三人で参加すれば、そういう部屋割りも変じゃないでしょう？」

一週間ずっと姑と同室だと思っただけで息が詰まりそうだ。絶対に行きたくない。

「スケジュール的に無理だと思います。一週間も連続して休めるとは思えないし……」

「だったら今回はとりあえず、お正月に温泉に行くのはどうかしら？　近場でいい所があるのよ。お正月ならさすがに仕事もお休みでしょう？」

「すみません、お義母さん、年末年始は実家に帰る予定ですので」

「あら残念だわ。東京へ帰ってしまうの？　お正月にお嫁さんがいないなんて寂しいわ」

「申し訳ありません。たまには帰ってこいと両親がしつこく言うものですから」

嘘がどんどんうまくなる。するすると口から勝手に出てくる。だがこういうのは、本来の自分ではない。今まで常に正直を心掛けてきたのに……。

「里帰りの方は、なんとかして断われないの？」

自分だけでなく姑も変わった。以前はこんなことを言う人ではなかった。上品な微笑みが似合う人で、「歩く常識」と言ってもいいほど分をわきまえた女性ではなかったか。だからこそ、仲良くなっていろいろと教えてもらいたいと思っていたのだ。姑に対する憧れが、夫に対する不満をも和らげていたほどだったのに。

——素敵なお姑さんね。昨日デパートから並んで出てくるところを見たわよ。

——私も見かけたわ。ミス長崎代表だったっていうだけあって本当にきれいな人ね。

スポーツジムで知り合った人々や、「長崎風土記」のメンバーなどに、羨ましがられて鼻高々だった。自慢の姑だったのだ。

息子を亡くした傷口は、癒えるどころか、月日が経つに連れてどんどん広がっているのだろうか。まるで嫁を通して息子の匂いを嗅ごうとでもしているかのように、夏葉子と一緒にいたがることが増えた。

「だったら夏葉子さん、いつなら行けるの？」

姑はしつこかった。

「えっと、そうですねえ……」

いい加減、気づいてほしい。一緒に旅行なんかしたくないのだと。

それとも姑は案外とっくに気づいていて、こちらの気持ちをわかったうえで有無を言わせない作戦なのだろうか。社交的で習い事やボランティアや町内会の役も引き受けていて、毎日が充実していると思っていたのだが。

そのとき、窓際の方で歓声が上がった。親戚の誰かが、クリスマスケーキをテーブルに運んできたらしい。

「ずいぶんと豪華なケーキですね」

話を打ち切りたかったので、姑の傍を離れてケーキに近づいていった。

蠟燭（ろうそく）に火が点けられ、部屋の明かりが消えた。

「サーイレンナーイ、ホーオリーナーイ」

朝子がいきなり『きよしこの夜』を英語で歌いだした。すぐさま姑もきれいなソプラノで合唱する。二人とも、小学校から高校まで市内のミッションスクールを出ていることは聞いていた。演歌しか歌わない実家の母が、この光景を見たら何と言うだろうか。

――夏葉子はハイソな家に嫁いで本当に良かった。夏葉子は大人しそうな顔してるけど、なかなかのヤリ手だよね。それに比べて花純は惚(ほ)れたっていうだけで、あんなつまらない男と結婚して子供を二人も作ってさ。あの男は稼ぎが少ないうえに転職ばかり繰り返して、挙句の果てに借金だらけだよ。結局は離婚して、あーあ、花純が可哀相だよ。

まるで自分が計算高い女で、花純は純粋な女のように言われるに決まっている。

舅が火を吹き消した。早速ケーキにナイフを入れようとしている。庭に面した窓から水銀灯の明かりが入ってくるので、蠟燭が消えても部屋は真っ暗にはならなかった。

舅はうまくケーキが切れないのか、苛々しているのが見てとれたので、夏葉子は壁のスイッチを押して部屋の明かりを点けた。朝子は歌いながら舅に近づき、舅からナイフを取り上げてケーキを切り分け始めた。

歌が終わり、舅の舌打ちが部屋に響く。それまで、穏やかで紳士然とした舅しか見たことがなかった。こんなに険しい横顔を見たのは初めてだ。何をそんなに苛立っているのだろう。びっくりして見ていると、舅はケーキに載っている大きなイチゴを指先でつかんで口に放り込んだ。チョコレートでできた飾りも口に入れ、人差し指で生クリームをすくって舐めている。

夏葉子は我が目を疑った。

「やあねえ、兄さんたら、どうしちゃったのよ」と朝子が呆れている。

舅は、トロンとして視点の定まらない目を朝子に向けた。

もしかして、認知症ではないか。

「先週、久しぶりに都留姉さんの面会に行ったのよ」

朝子は、ケーキを銘々皿に取り分けながら言った。都留というのは、舅や朝子の年の離れた姉で、九十歳を超している。

「あの施設は清潔感があっていいわよね」と姑が言う。

「建物が新しいっていうだけのことよ。人手不足はどこも同じ。特に夜になると、職員が二人しかいないの」と、朝子は顔を顰めた。「花を持って行ったら、枯れたときに片づけるのが大変だから、造花にしてもらいたいって言われたわ」

「造花？　やあねえ」

「職員も本当は悪い人じゃないんだろうけど、疲れ果ててぷりぷりしてた」

「嫌だねえ、老人ホームなんて入りたくなかとよ」

「私も嫌ばい」

「ばってん、うちん息子らは独身やしねえ」

「うちは娘がおるけど、仕事が面白いらしゅうて滅多に帰ってこん。あてにできんとよ」

「やっぱり施設に入るしかなかと？」

親戚の女性たちが次々に語っている。

「都留姉さんの入っとるホームは、あの事件以来、少しはまともになったとね？」

誰かがそう言うと、一瞬しんとなった。

都留には子供がおらず、夫は二十年以上も前に他界している。何年か前、都留の入所するホームで虐待事件が発覚して警察沙汰になったことがある。それ以降は改善されたとはいうものの、今でもあまり評判はよくないらしい。それでも退所させるわけにはいかなかった。子供がいないとなると、兄弟姉妹のいずれかが家で面倒を見なければならなくなる。

「認知症の人は、自宅で家族に囲まれて暮らすのがよかって言われとっと」

「うちは無理ばい」

「うちだって無理たい」

「政府の方針も考えものよね」

「そこへ行くと、義姉さんは幸せ者よ。だって夏葉子さんがいるんだもの」と朝子が言う。

夏葉子は聞こえていないふりをして、そっとその場を離れた。ケーキの皿を持ち、男性陣たちが碁を打っているテーブルの方へゆっくりと歩いて行く。

「私はピンピンコロリであの世に逝くつもりだもの」

背後で姑の声が聞こえた。

「夏葉子さんにはなるべく迷惑かけないつもりよ」

いったいぜんたい「なるべく」とはどういう意味だ。一応それなりに努力はしてみるけど、もしもうまくいかなかったら、あとはお願いね。つまりそういうことなのか。

また胸が苦しくなってきた。酸素が足りない気がして、思いきり息を吸い込む。

退屈だった。碁を興味深そうに覗いていることにも疲れてきた。そもそも碁のルールをよく知らない。自分以外は、みんなほぼ同世代だし、地元で生まれ育った人間ばかりだ。話題がつきないのか、あちこちで盛り上がっている。

やっとお開きになったとき、夏葉子は皿洗いを申し出た。

広々としたシステムキッチンのシンクの前に、朝子と並んで立った。夏葉子が食器を洗い、朝子が拭くという流れ作業が軽快に進む。

「義姉さんが羨ましいわ。知ってると思うけど、うちには不肖の息子がいてね」

朝子には息子が二人いる。次男は大阪でサラリーマンとして働いていて、結婚して子供が二人いる。だが長男の一朗（いちろう）は地元の高校を卒業後、予備校に通うために上京し、何年も浪人生活を送り、それ以降なんと三十年も親からの仕送りで暮らしている。結局は大学には入学しなかったし、働いてもいない。朝から晩まで何もしていないらしい。帰省もしないし、朝子が上京しても部屋には入れてくれないし、喫茶店で会っても、三十分もすれば帰ってしまうという。

「先々が心配よ。いつかは次男の健二（けんじ）が一朗の老後を見なきゃならないわ。健二のお嫁さんがツンとした人でね、とてもじゃないけど一朗の世話をしてくれるとは思えない。それがすごく心配で夜も眠れないことがあるの。うちのお嫁さんも夏葉子さんみたいな人だったら良かったのに」

自分のどこを見て「いい嫁」と判断しているのだろう。たぶん、平凡だからではないか。どこを見ても「普通」から逸脱していない。可もなく不可もなく。キャリアウーマンでもなく派手でも社交的でもない。

「でもよかった。夏葉子さんが四十代で」

「それは、どういう意味で？」

聞かなくてもわかっていた。この前、三沢も同じようなことを言った。

「だって、夏葉子さんがまだ結婚して間もない二十代なら、高瀬家に縛りつけておくのは酷でしょう。二十代なら子供も産めるし、再婚することも考えてあげなきゃね。だけどもう若くないから安心だって、兄さんも義姉さんも喜んでたわ」

返事をするのも嫌だった。勢いよく流れる水の音や食器が触れ合う音のせいで、返事が聞こえないのだろうと朝子は思ったのか、意に介さず最近できたレストランの話や、夫が高血圧だという話などをしゃべり続けた。

皿を全て洗い終わって水道を止めると、いきなり静寂が訪れた。

みんなは和室へ移動したらしく、リビングはしんとしている。

「夏葉子さん、実はね」

皿を食器棚にしまいながら、朝子は声を落とした。

「小耳に挟んだんだけど、気を悪くしないでね」

「何のことでしょうか」

「駅前で音楽を演奏してる、ホームレスみたいな男の人と夏葉子さんは知り合いなの？」

探るような目を向けてくる。

「知り合いというほどのものでも……」

「高瀬家の嫁として恥ずかしいことはやめてもらいたいの」

「取材を手伝ってもらっただけですよ」

「『長崎風土記』の？」

「そうですけど」

「なんだ、そうだったの」

安心したような笑顔を向ける。「結構仲が良さそうだって言う人もいてね」

監視網の中にいるようだった。

そのとき、また思った。いっそのこと長崎を引き上げて、東京へ帰ってしまおうかと。

でも……海の見える赤煉瓦の家は自分の宝物だ。庭にも愛着がある。東京で暮らすなら、ワンルームマンションを借りるので精いっぱいだろう。東京なら、今より時給の高い仕事を見つけられるとは思うが、記事を書く仕事に就くのは難しいに違いない。

それに何より工藤と別れたくなかった。ドライブしているのも見られてしまったのだろうか。まさか、車内での抱擁も？　それが気になって、尋ねてみた。

「どこらへんで私を見たって聞いてます？」

「喫茶店よ。ほら、商店街の十字路のところで演奏してるでしょう。あの向かいの」

「ああ、あそこですか。ほかには?」

「えっ、ほかにもどこかに行ったの?」

「え? いえ……取材で鼈甲細工の店を案内してもらったものですから」

「そうだったの。それは聞いてないわ」

車内でのことは誰にも見られていないらしい。


海岸線の式見方向へと車は走った。

国道202号線は、渋滞もなく信号も少ないので快適だった。

「かんぼこ食べよう」と、工藤が突然言った。

前方を見ると、名物「式見のかんぼこ」と看板が出ていた。魚の練り物を長崎では「かんぼこ」と呼ぶ。式見漁港の傍に車を停め、揚げ立てのアツアツを食べた。

「美味しい」

モッチリした食感に、深いコクがあった。

「やろ?」と工藤は得意げな顔になり、その子供のような天真爛漫な横顔を見ていると、こちらまで素直な気持ちになる。

その後も国道を北へ上っていった。気づけば、夕暮れが近づいてきていた。

「夕陽ば見よう」

工藤が車を停めた。車を降りて角力灘に沈む夕陽を岸壁に並んで眺めた。見る見るうちに青い海が紅色に染まっていく。天国にいるのではないか。海に浮かぶ島影が幻想的で美しく、この世の物とは思えなかった。

やはり長崎はいい。こんな所にずっと住めたら、どんなに幸せだろう。

「腹、減らん？」

工藤の言葉で、現実に引き戻された。さっき「かんぼこ」を食べたことで、更に食欲が刺激されていた。

「もうぺこぺこです」

「うまか蕎麦屋があっとたい」

また車に戻り、蕎麦屋に向かった。こぢんまりとした店だが、白木のテーブルと椅子に清潔感がある。工藤はメニューの中で最も高価な天ぷら蕎麦セットを注文した。刺身もついている。

夜になってぐっと気温が下がったのに、冷たい蕎麦を食べるところに、肉体労働者の男らしさのようなものを感じていた。亡き夫は、男のくせに冷え性だった。もし夫がここにいたなら、きっと熱い蕎麦を注文しただろう。脂っこいものはあまり好きではなかったが、それでもカレー南蛮だけは好きだった。疎遠な夫婦だった割には、こうしてこまごましたことを思い出す。人の死は、遺(のこ)された者に様々な影響を与えるらしい。夫が死んでからというもの、夫を思い出さない日はない。いったい人の心とは、どういう構造になっているのだろう。

「注文、何にすると?」

いつまでもメニューから顔を上げないことに痺(しび)れを切らしたように、工藤が尋ねた。かなり空腹らしい。その不満そうな顔が小学生の男子を彷彿(ほうふつ)とさせ、思わず笑ってしまった。

「私はカレー南蛮にします」と勝手に口から出ていた。

どうしたのだろう。いつもなら山菜蕎麦か月見蕎麦を頼むのに。それも、今まさに工藤を好きになってしまいそうな予感を抱えているのに、亡き夫の好物を注文するとは。

工藤は食べるのが早かった。外国で肉体労働のアルバイトもしていたということとも関係があるのだろうか。

「ああ、うまかったあ」

「私のも美味しかったです」

「そいは良かった。遅くなるから、ぼちぼち帰ろうか」

レジに行くと、工藤は革ジャンの裾が邪魔になるのか、ジーンズのポケットから財布を出すのにもたついている。

「ここは私が」と夏葉子は言った。

取材先を紹介してもらった上に、ドライブにも連れて来てもらったのだから、当然だ。

「ありがとう。ご馳走になるばい」と工藤はあっさり言って微笑んだ。

蕎麦屋を出ると、辺りはとっぷりと日が暮れていた。

海沿いの道路を走る。真っ暗な海の上には星がいくつも出ていた。

「今日はどげんね。俺は休憩ばしたかけど」

「え？　えっと……」

自分の鼓動が聞こえてきそうだった。

「迷っとると？」

「……」

車は海岸道路をはずれ、街中に入った。スピードを上げ、どんどん坂を上っていく。

「俺んこと、好いとると？」

「……はい」

「ほんなら問題なかじゃなかね」

車はいきなりスピンカーブし、エーゲ海の島にあるような白壁のホテルの中に吸い込まれるようにして入っていった。受付で、モニター画面から部屋を選ぶ作りになっていた。いつだったかテレビ番組で見たことはあるが、実際に目にするのは初めてだった。工藤は慣れた手つきで画面をタッチし、ジーンズのポケットから財布を出そうと手を突っ込んでいる。もたもたしていると、次の客が入って来るのではないか、その客が姑と知り合いだったらどうしよう。そう思うと、気が気でなかった。

夏葉子は素早くバッグから財布を出すと、一万円札をサッと抜き取って工藤に手渡した。

「あ、ごめん、こがんところでもたもたして、気まずい思いさせてしもうて」

「ううん、いいの」

これから起きるであろうことを想像すると、喉がカラカラに渇き、声が掠れた。

部屋に入ると、いきなり抱きすくめられて熱烈なキスをされ、そのままベッドに倒れ込んだ。もうこれ以上我慢できないといった性急さが夏葉子の中の女を喜ばせた。

工藤の動きが激しくなってきたとき、天井の隅から亡き夫が見ているような気がした。

夏葉子は天井を睨みつけた。もっと大胆になって、夫に見せつけてやりたかった。

——世の中にはこんなにも私を欲してくれる人だっているんだからね。

そう言ってやりたかった。

その日は生理が終わった数日後だったので、確実な安全日だった。そう工藤にも言ったのだが、それでも彼は避妊具をつけた。その誠実さが嬉しかった。

亡き夫との間には子供ができなかったが、工藤との間にならできるのではないか。オスとしての生命力が強そうだ。仮に妊娠したなら、その後の自分の人生はどのような展開になるのだろう。想像もつかなかった。

ふと、不妊治療に通った猛暑の日々を思い出した。子宮内膜症と診断されたが、治療すれば妊娠する可能性はあると医者に言われた。だが、夫は協力的ではなかった。ご主人も病院に連れて来てくださいと何度も言われたのに、「忙しい」という夫の一言で、いつもうやむやになった。

ああもう、あんな人、思い出すのも嫌だ。頭の中から夫の影を追い出したかった。

目をつぶり、久しぶりの行為を貪（むさぼ）りつくすように、五感を研ぎ澄ませた。

自分の人生に、こんな日はもう二度と訪れないだろう。

そう思った。

7

母に電話するのは三度目だった。

——だからさっきから何度も言ってんだろ。花純が帰ってくるから夏葉子の泊まる部屋はないんだってばさ。

母は前回と同じことを言った。姑には帰省するから温泉旅行にはつき合えないと言ってしまった手前、年末年始に長崎市内にいるのを誰かに見られたらまずい。かといって、家にじっと籠っていることもできない。夜になったら、カーテンの隙間から明かりが漏れるから、家にいるのがわかってしまう。

だから、東京へ帰ってみようと思った。

もう二年も帰っていない。「おむすび屋」は相変わらずだろうか。実家のある商店街を端から端まで久しぶりに歩いてみたい。近所の路地や、小学生の頃に遊んだ児童公園……目をつぶれば懐かしさで心はいっぱいになる。

店の奥の八畳間は、居間でもあり両親の寝室でもあり客間でもある。所狭しと家具や家財道具が置かれているのが目に浮かぶ。二階の二部屋は、以前は自分と花純の部屋だった。

暮れから正月にかけては、花純が子供たちを連れて帰ってくるから、二階は使えないと母は言う。それならば近くのビジネスホテルを予約しようとネットを検索したら、外国人観光客が増えたせいで空き室が見つからない。実家の近くを諦めて都内全域で探したら、あるにはあったが、一泊八万円以上もする外資系の高級ホテルしか空いていなかった。

「私が実家に帰るのは二年ぶりだよ。花純なんてしょっちゅう帰ってるんでしょう？」

花純一家は、実家の二駅先に住んでいる。正月を実家で過ごすのはいいとしても、どうして泊まる必要があるだろう。

――だって可哀相じゃないか。花純は離婚してから子供たちを抱えて苦労してんだから。

花純が実家に帰ってくるたび、冷蔵庫の中の食品を根こそぎ持って帰るのは離婚する前からだった。働いているといっても、十時三時のパートだ。自分もパートの身分だが、フルタイムだし残業もある。母は花純が来るたび少ない儲けの中から小遣いをやっている。花純は人に甘えるのがうまい。勉強はからきしダメだったのに、口は驚くほど達者だ。

「私はどうなの？」

――は？　『どうなの』って何が？

「私のことは可哀相じゃないの？」

――何言ってんだか。夏葉子は小さいときからしっかりしているから大丈夫だよ。

大丈夫なんかじゃないよっ。大声で叫びたかった。花純ならきっと叫ぶだろう。考える前に口に出るタイプだ。四十歳を過ぎても、花純はいまだに「母の娘」だった。この先も何歳になっても母に甘える娘であり続けるだろう。

――夏葉子は恵まれているじゃないか。堅太郎さんは財産を残して死んでくれたんだから。夏葉子はヤリ手だよ。我慢していれば向こうの実家の財産も手に入るんだから。

「もう、いいよっ」

思わず電話を切ってしまった。

母はすぐに折り返しかけてくるだろう。そう思ってスマホを見つめていたが、どれだけ待ってもかかってこなかった。

あーあ、どうしよう。年末年始はどこへ行けばいい？

思いきって沖縄に行こうかな。たまには贅沢して、少し高級なホテルに泊まったらどうだろう。ホテルの部屋でのんびり読書するのもいい。気温が高いだけでもほっとできるんじゃないかな。千亜希と一緒だったら楽しいだろうけど、夫や子供のある人を年末年始に誘うことはできない。

旅先の夕飯もひとりでは寂しいだろうなあ。それも、正月ともなれば……。つまり、自分には居場所がないのだろうか。まさか、そんなことはない。現に、赤煉瓦のこんなに素敵な家がある。それは……違う。自分はここに閉じ込められているのも同然だ。いつも監視の目があるのだから。キッチンに立って熱いお茶を淹れ、ソファに沈み込んで、ゆっくり味わった。目を閉じて、静かに自分の本心を見つめてみた。いったい自分はどう過ごしたいと思っているのか。

工藤の顔が思い浮かぶ。本当なら彼をここに招きたい。そして大晦日（おおみそか）には手料理で彼をもてなしたい。滅多に買わない日本酒も用意しておこう。年越し蕎麦もここで食べる。ネギをいっぱい刻んでおかなきゃ。蕎麦を食べていると、近所のお寺から除夜の鐘が聞こえてくるはずだ。「あけましておめでとう」と工藤と微笑み合って乾杯する。もちろん彼はここに泊まっていく。そして元日は……久しぶりに着物を着ようか。あ、それは無理だ。ひとりでうまく着る自信がない。毎年正月になると、姑に着付けしてもらうのだが、まさか呼ぶわけにもいかない。ワンピースか何かでいいことにしよう。着物姿を工藤に見てもらえないのが残念でならないが、仕方がない。朝は遅く起きて、市販の麺つゆで簡単にお雑煮を作って二人で食べよう。そのあとは初詣に出かける。おみくじを引いて……あ、それよりも、夜明け前に起きて、初日の出を見に行く方がいいかも。寒いけど、きっと清々しい気持ちになれるはずだ。自分にとって、まさに新しい年になりそうだもの。夫が死んで、転機となる年になるかもしれない。それから家に帰ってきて、もう一度蒲団に潜り込んで、二人で朝寝をする。

そんなこと……できるはずもない。

いつなんどき舅や姑が勝手に鍵を開けて家に入ってくるかわからない。

——夏葉子さんがつき合ってくれないんなら、温泉旅行は取りやめにしようかしら。お父さんと二人だけじゃつまらないもの。

あのあと、何かの用事で電話をかけてきた姑はそう言ったのだった。姑は正月を自宅で過ごす可能性もある。そうでなくても、どこに人の目があるかしれない。

それより何より、工藤は東南アジアに演奏旅行へ出かけていて、まだ帰ってこない。彼は、会うたびに情熱的に身体を求めてきた。長年に亘って夫に振り向いてもらえなかった日々を、この数週間で取り戻しているかのようだった。自信を喪失して何年も経つ自分にとって、それはカンフル剤のようなものだった。噂になりたくないのだと工藤に言ったら、彼はこちらの気持ちを理解してくれ、会うときは隣の市まで行くことにしていた。だが、二人とも独身だ。誰に遠慮することがあるだろうかという思いもあった。そういった気持ちも工藤に正直に話してみたが、まだ夫が死んで数ヶ月なのだからバレない方が賢明だろうと言った。無鉄砲な少年がそのまま大人になったかのように思っていたが、それなりに苦労して年を重ねてきたのか思慮分別がある。自分より四歳下だが、頼もしく感じて、一層好きになった。

工藤がいないのだから、ひとりで好きな音楽を聴いて好きな小説を読んで、やりかけのリボン刺繍をやるのはどうだろう。気の向くままに一日中パジャマのままで。

だから、それは無理なんだってば。

東京の実家に帰ると姑に言ったのに、家にいるのがバレてしまうじゃないの。

自分の家なのに、天下晴れて独身なのに……「高瀬家の嫁」は、誰にも邪魔されずに家でだらしなく寝そべっていることもできないし、工藤を家に泊めるなんて言語道断だ。

やっぱり実家に帰りたい。どうにかして泊まれないだろうか。実家の二階は二部屋ある。道路側の部屋は観葉植物と荷物置き場になっていて足の踏み場もないが、植木鉢を隅に寄せて寝るスペースを作ればどうだろう。荷物の置いていない方の部屋を花純と子供たちに譲れば問題ないのではないか。

　自分が置かれた今の閉塞状況を、母に聞いてもらいたかった。夫亡きあと、いったいいつまで「高瀬家の嫁」でいなければならないのか、意見を聞いてみたかった。教養とは無縁だが、今まで苦労して生きてきた分、貴重なアドバイスをもらえるかもしれない。世代による考え方の違いもあるだろうし、「この世で一番大切なのはカネだ」と言いきる母でもある。だがそれならそれで、母ならどう考えどう乗り越えるのかを知りたかった。

　正月を実家で過ごすというのは、最初は軽い思いつきだった。だが、夫を亡くしたばかりの自分より、妹の花純の方が大切にされているとわかった途端に、どうしても実家に帰りたくなった。わがままを言ってみたかった。自分の親なんだから、たまにはわがままを言ってみたっていいじゃないか。花純みたいに。

　お茶を飲み干してから、もう一度電話をかけた。呼び出し音が鳴りやみ、向こうが電話に出た気配がした。その途端、抑えきれなくなって感情が爆発した。

「母さんが何と言おうと年末年始はそっちに帰るからねっ。二階の自分の部屋に泊まるんだからねっ。嫁に行ったらもう他人だなんて、母さんは冷たすぎるよ。私だってつらいことがいっぱいあるんだよ。この先の人生ががんじがらめで身動きが取れなくて、酸素が足りなくて、息が吸えなくて、もう嫌になっちゃってるんだよ。それなのに母さん、二言目には『夏葉子は恵まれてる』だの『金持ちの男を捕まえるなんて夏葉子はヤリ手だ』なんてひど過ぎるよ。もしもし、母さん、聞いてるの？　ねえ、どうして返事しないのよっ。小さいときから母さんはいつだってそうだったよ。母さんは花純だけが可愛いんだよ。私のことなんてどうだっていいのよ。夏葉子はしっかりしてるとか、心配ないとか言ってるけど、本当は私のこと好きじゃないんだよ。もしもし？　なんなのよ、なんで返事しないのよ。ねえ、母さんてば」

――夏葉子、いったい何のことなんだ？

いきなり父の低い声が聞こえてきたのでびっくりした。

「あれ？　父さん……だったの？　最初から？　それならそうと早く言ってよ」

――お前が怒濤（どとう）のごとくしゃべるから口を挟む余地がなかったんだよ。なんのことだか知らねえけど、こっちに帰ってくればいいじゃねえか。誰に遠慮することがあんだ？花純と孫たちは家が近え（ちけ）んだから、わざわざうちに泊まる必要なんかねえよ。

「……ありがと」

――夏葉子、言っとくけどな、親に遠慮なんかしなくていいんだよ。

「うん、じゃあ帰る」

——気をつけて帰ってきな。

電話を切ってから、ぼうっと壁を見つめた。

気が抜けたのか、壁の時計が滲んで見えた。


十二月三十日の夕刻、東京の実家に帰った。

店の方へ顔を出してみると、両親ともに忙しそうに立ち働いていた。まだ午後五時過ぎなのに、カウンター席はいっぱいだ。

年末ぎりぎりまで仕事に追われていたサラリーマンたちが、いつもより早い時間に立ち寄ったらしい。夏葉子が子供の頃は、客といえば中高年の男性ばかりだったが、最近は若い女性客も増えた。

カウンターの内側で、煮物を鉢に盛りつけていた母が夏葉子に気づき、うなずいてみせた。その隣で魚を焼いている父が片手を挙げて微笑む。

隣の寿司屋との間の細い通路を抜けて、裏口から家に入った。すぐに小さな台所があり、その奥に和室がある。花純が首まで炬燵に入って寝そべり、ポテトチップスを食べながらテレビを見ているのが見えた。ポテトチップスのカスが畳の上に散らばっている。

同じ家に育ったとは思えないほど、花純はだらしない。

「あ、お姉ちゃん、お久しぶりぃ」

花純は寝そべったまま首だけ捻じって、満面の笑みを浮かべた。

花純はこちらに親しみを感じているようだが、自分の方はそうでもなかった。妹ばかりが母に可愛がられてきたという苦い思いが、いまだに消えない。

――お姉ちゃんだから辛抱しなさい。

幼い頃から、姉としての役割を押し付けられてきた。どこの家庭でもありがちなことだが、幼いときだけならともかく、今も続いている。

「堅太郎さんが死んだんだって？　びっくりしちゃったよ。葬式が終わってから連絡してきたんだってね。母さんが呆れてたよ。いったいどうしちゃったの」

花純は早口で言い、興味津々といった感じで見つめてくる。

その視線が鬱陶しくてたまらず、「加恋ちゃんと芽以ちゃんは？」と話題を変えた。

「母さんから小遣いをもらって、『アラモード』に行ったよ。たぶんパフェかホットケーキだな。きっとお腹いっぱいになって、夕飯は食べられないよ。全く」

だったら引き止めればいいじゃないか。

夏葉子は洗面所で雑巾を絞ると、三和土に置いたままのスーツケースの車輪を転がしながら拭いた。花純は炬燵から出てきて、上がり框に腰掛けて夏葉子の手元を見つめている。

「何年生になったんだっけ？」

「加恋は中二で、芽以は小六。それくらい覚えておいてよ。伊藤（いとう）家の跡継ぎなんだから」

花純は離婚するとすぐに、苗字を旧姓に戻した。

車輪を拭き終えると、「私、しばらく二階に泊まるから」と言いながら、夏葉子は台所の横にある狭い階段を、スーツケースを抱えて上った。店の天井が高い分、一般家庭より階段が長い。

「お姉ちゃんが泊まることは聞いてるけどね」と花純は不満そうに言いながら後ろをついてくる。

花純の語尾「けどね」が夏葉子は気に入らない。お姉ちゃんのせいで私たちが泊まれないのよ、と言っているのも同然だ。これまでなら、すぐさま「ごめんね」と謝っていた。幼い頃から、小さい妹が泣かないようにと機嫌を取ってきた癖が長い間、抜けなかった。

夏葉子は物置になっていない方の部屋に入り、陽に焼けて茶色くなっている畳の上にスーツケースを広げた。自分が物心ついた頃から畳を替えていないのではないか。あちこちが擦り切れていた。

「花純は年末年始は忙しいんじゃないの？」

花純はファミリーレストランの店員をしている。

「私なら忙しくないよ。ファミレスは先週、喧嘩して辞めちゃったから」

「えっ？」

思わず振り返る。花純は襖のところで、こちらを見下ろしていた。「そんなことより、お土産(みやげ)は何？　やっぱカステラ？」と近づいてきて、スーツケースのすぐ隣に正座した。

「花純はこれからどうやって食べていくの？」

「お姉ちゃんは相変わらず心配性だね。大丈夫だってば。パート仕事ならいっぱいあるもん。年が明けたら探すつもり」

そういうのんびりしたところが昔から大嫌いだった。子供を二人も抱えているのに、責任感が欠如している。どんと構えていられるのは、心の底に親に頼る気持ちがあるからだ。そのことを、本人は自覚しているだろうか。

スーツケースから洋服を取り出し、ハンガーにかける。

「そういうお姉ちゃんこそ心配だよ。これから、どうやって暮らしていくつもり？」

「どうって、今まで通りよ」

「お金はあるの？」

「タウン情報誌でパートしてるから、なんとかなってる」

「ダンナさんが死んで、保険金ガッポリとか？」

「ううん、それはない。子供がいないから小さい保険にしか入っていなかった」

五百万円が入ったことは内緒にしておいた方がよさそうだ。一般的に言って、死んで五百万円というのは生命保険としてはかなり少額な方だ。だが花純ならきっと食いついてくるだろう。そして、お姉ちゃんは大金持ちだとか羨ましいだとか、物欲しそうな顔で騒ぎ立てる。それを想像しただけで苛々が募った。

「家はどうなってんの？　確か、住宅ローンが六十七歳まであるって言ってたよね」

中学生のとき、元素記号もなかなか覚えられなかったくせに、どうして人の住宅ローンのことを覚えているのだ。それも、「六十代」だとか、「七十歳近く」と言うのならまだしも、正確に六十七歳だなんて。

「団信に入ってたからローンはなくなったわ」

言いたくなかったが、母から漏れるのは時間の問題だと判断した。

「ダンシン？　何それ。ローンがなくなったってことなの？　すごい。お姉ちゃん、大金持ちじゃない」

「そんなことないよ。売るつもりもないし」

「でも、いざというときは売れば助かるじゃん」

「地方は、東京とは違って地価がうんと低いよ」

「ふうん、すごいなあ。リッチだねえ」

「だから、違うって言ってるでしょう」

「そんなにお金が余ってるんなら、うちの子たちには、お年玉を弾んでやってよね」

いつからこんなに話が嚙み合わなくなったのだろう。少なくとも十代の頃は、花純とのおしゃべりは楽しかったと記憶している。

「お姉ちゃんは知らないだろうけど、最近の子供はおしゃれなんだよ。うちの子たちも、洋服やら化粧品やら次々に欲しい物があってね、いくら小遣いをやってもすぐになくなっちゃうんだもん。ほんと困ったもんだよ」

相槌を打つのさえ嫌だった。子供には、お金の使い方や、物を大切にすることを教えてやった方がいいのではないか。そう言いたかったが、子供のいない人間に何がわかると反論されるに決まっている。

もっと知的で性格のいい妹なら、どんなに良かっただろう。そしたら互いに悩みを打ち明けて力になれることもあるだろう。最近読んで感動した小説を紹介しあったり、一緒にテレビを見ながら昨今の年金や環境などの問題に意見をぶつけ合うこともあるだろう。きっと話題は尽きないだろうに……。

あらかた荷物の整理が終わると、浴室に置く洗面用具と土産を持って階下へ降りた。花純も後をついてくる。

台所と居間の間の敷居を跨いで仁王立ちになり、部屋を見渡してみると、どこもかしこも埃だらけだったので、猛烈に掃除がしたくなった。

夏葉子は階段下の物入れから掃除機を出した。和室に戻り、畳の目に沿って動かすと、年代物だからか音が大きかった。花純のおしゃべりが聞こえなくなって好都合だ。

実家では、年末に大掃除をするという習慣はない。それは無理もないことで、年末年始の休みは大晦日と正月一日のたった二日間だけだ。我が両親ながら、朝から晩までほとんど休みなく働く姿には感心する。たぶんこの先も、身体が動く限りは働き続けるのだろう。せめて生活場所の大掃除をすることで、少しでも両親の役に立ちたかった。

隅々まで掃除機をかけたあとは、居間のテーブルを拭き、台所との間のガラス戸の桟の埃を拭き取った。そして台所に行き、流しの排水口のゴミ受けを、使い古しの歯ブラシで丁寧に磨いた。だが、ぴかぴかとまではいかなかった。あとで薬局に行って重曹を買ってこよう。流しも重曹で磨けば、もっときれいになるはずだ。

花純は手伝うでもなく、背後から夏葉子の一挙手一投足をじっと見つめている。

「お姉ちゃん、そのワンピース、なかなかいいね」

「ありがと」

「高かったでしょ」

「そうでもないよ」

「いくらだったの？」

「忘れた」

「お姉ちゃんなら忘れたりしないでしょ。数学も得意だったんだから」

値段を聞いてどうしようと言うのだ。二万八千円だったと正直に言えば、やっぱり金持ちだと納得するのか。それとも花純の経済状態に合わせて三千九百八十円の安物だったと嘘をつけば安心するのか。

姉妹だから仕方なくこうやって一緒にいる。もしも他人だったら、こういうタイプの女とは絶対に友だちにはならない。

「ちょっと花純、何もすることがないんなら、そこの薬局で重曹を買ってきてよ」

「ジューソー？　それって薬品？　そんな難しい物、私には買いに行けないよ。店の人にどう言えばいいかわかんないし」

「重曹くださいって言えばいいじゃない」

「無理だってば」

「何が無理なの？」

「どんなジューソーにしますかって聞かれたら答えられないもん」

「どこのメーカーのでも同じだよ」

「頭のいいお姉ちゃんには説明したって私の気持ちはわからないよ」

花純との会話に耐えられなくなり、夏葉子は階段を駆け上がり、コートとバッグを持って降りてきた。

「もういいよ。私が買ってくる」

裏口の三和土でブーツを履いていると、「私も行く」と花純が慌ててダウンに袖を通す。

「花純は来なくていいよ。すぐそこの薬局に行くだけだから」

「行くってば。お姉ちゃんと一緒にいると勉強になることが多いんだもん」

花純を待たずに裏口から出て、寿司屋との間の細い通路を抜けて表の商店街へ出た。

花純が息を切らして小走りになり、追ってくる気配がする。

夏葉子は振り返らずに、そのまま数軒隣の薬局に入ると、店員に尋ねるまでもなく重曹はすぐに見つかった。レジに持っていって代金を支払う。花純は夏葉子の横に立ち、レジに置かれた重曹をじっと見つめている。

店を出ると、「びっくりしたよ」と花純は感心したように言った。

「何にびっくりしたの?」

「だって、そんな大袋なのにたった三百円で買えるなんて」

「これはベーキングパウダーとしても使えるのよ」

「本当?」と目を丸くしている。「お姉ちゃんて何でも知ってるんだね」

そんなこと誰でも知ってるよ、という言葉を呑み込む。

「頭もいいし、お金もあるし、羨ましいよ」

姑と一緒にいるよりもストレスが溜まる。

家に戻ると、重曹を使って流しを磨いた。ステンレスが面白いように本来の輝きを取り戻していく。ゴシゴシとこすりながら、自分は意地悪な人間なのかもしれないと思った。花純や姑は弱者なのではないか。自分に自信が持てなくて、心細くて、だから誰かに頼ろうとしている。それだけではないのか。

花純は小学生の頃のまま成長が止まっているように思えた。自分は小六のときから数えれば約三十年、その間に大人になった。だが花純は自分ほどには成長していないのかもしれない。

冷蔵庫の中を掃除していると、「さあ、今年も終わったぞー」と、父の大きな声が聞こえてきた。見ると、店から居間に通じるドアの所で晴れやかな表情を覗かせていた。

今日は、おむすび屋にとって仕事納めの日だ。

「夏葉子も花純もこっちに来て手伝いな」と母の怒鳴るような声が響く。「店の残り物がいっぱいあるから、みんなで食べよう」

両親が、大きな保存容器や大鉢を次々に居間に運んでくる。夏葉子と花純も店に降りて、運ぶのを手伝った。揚げ出し豆腐に肉じゃが、焼き鳥、サーモンサラダ、風呂吹き大根など、客に出す料理で炬燵の上はいっぱいだ。幼い頃から、これら残り物を年末年始の食事とするのが恒例だった。正月だからといって特別な料理もお節もなかったが、両親ともに味付けのセンスは抜群だ。

「ただいまあ」

加恋と芽以が帰ってきた。母からもらった小遣いで買ってきたのか、二人ともコミック本を持っている。夏葉子に気づいても挨拶もしない。それどころか、二人とも睨むように夏葉子を見た。

――伯母(おば)さんのせいで、ここに泊まれない。

花純に吹き込まれたのだろうか。二人の表情が、そう言っているように見えた。

「もしかして掃除してくれたのかい？」

台所を見た母が嬉しそうに言った。

「ぴかぴかじゃないか。気持ちがいいねえ。誰がやってくれたんだい？　夏葉子かい？」

「うん、私よ」

母に褒められて、やっと少し温かい気持ちになった。

「きちんと整理整頓したり、清潔にすることを、花純には教えてやれなかったものね。店が忙しくてね。花純には申し訳ないことをしたよ」

なぜそうなる？　母さん、私にもそんなことは教えてくれなかったよ。

そう言いたくなる気持ちを抑えるのがやっとだった。どうしていつも花純だけが「可哀相」なのか。

やっぱり、帰ってこなきゃよかった……。

「そろそろ乾杯しよう。今年もお疲れ様でした」

父が母のグラスにビールを注いだ。

「一年はあっという間だ。人生は短いって言葉が身に沁みるよ」と父がしみじみと言う。

母は、お返しに父のグラスにビールを注ぎもせず、喉をゴクゴク言わせて飲んでいる。

いつもは夜中の二時頃まで営業しているから、今日のように八時で店を閉めると、特別な日という感覚があるのだろう。一年間、頑張ったという達成感があるのか、両親ともに満足そうな表情をしている。

「今年はちゃんと八時に店を閉められてよかったね」と夏葉子は言った。

というのも、なかなか帰ろうとしない客がいて閉められない年が多いからだ。

「仕事納めの日は、ビールを一杯だけ引っ掛けて、さっさと家族のもとに帰る。それが常識だよ」

「父さん、今はそんな世の中じゃないよ」と花純は父親に向かって説教口調で続ける。「何が常識かなんて人それぞれだよ。家族のもとに帰るなんていう考えは古いよ。独身の人も多いんだからさ。そういう人は家に帰っても誰もいないから、年末年始はいつもよりもっと寂しく感じるんだよ。だから遅くまで賑(にぎ)やかな飲み屋に居座り続けたいわけよ」

「なるほどな」と父は簡単に納得する。それどころか、花純に偉そうな口を叩かれるのが嬉しそうでもある。

「その証拠に、お姉ちゃんだってこうして帰ってきてんじゃん」

「えっ、私? 私と酔っ払いの客と何の関係があるのよ」

「お姉ちゃんもダンナを亡くして、ひとりっきりの正月に耐えられなくなったんだよ」

「そんなことないよ」

「またまたあ。お姉ちゃんて相変わらず素直じゃないね。プライド高すぎっ」

花純は酒が飲めない。だからこういう集まりのときは、コーラかサイダーを飲む。今日は趣向を変えたのか、ノンアルコールの米麹(こめこうじ)の甘酒を飲んでいる。それなのに、だんだんと酔っぱらったような口ぶりになるのはいつものことだ。

加恋と芽以は、炬燵に足先だけ突っ込んで腹ばいになり、テレビを見ている。喫茶店で甘い物を食べてきて腹が膨れているのか、夕食に手をつけようともしない。

母はかなり空腹なのか、次々に小皿にとって食べていく。その合間に、夫婦でぼそぼそと、今年の売上げや税金の話をしている。花純は子供たちと同じように間食が多かったのか、少し箸をつけただけで、テレビに見入っている。てんでんばらばらの食事風景は昔から変わっていない。

「夏葉子、向こうの生活はつらいのか?」と父がいきなり尋ねた。

電話で話したことを気に留めてくれているらしい。

父も酒はほとんど飲めない。ビールをグラスに半分飲んだだけで頬が赤くなっている。昔から水分を多めに取る質(たち)で、脇に置いてある急須で玄米茶を淹れている。

「お姉ちゃんがつらいって？　いったい何がつらいの？」と、花純が畳みかける。

この目つきは何だろう。人を見下すような視線に嫉妬が混じっているように見える。

「そりゃあ、つらいだろうさ。あんな優しいダンナが死んじまったんだからさ」

手酌でビールを注ぎながら、母が口を挟んだ。母は堅太郎が大のお気に入りだった。

「見るからに育ちが良さそうだったし、いい大学出てるから頭も切れるんだろうし、その上なかなかの男前だったし、夏葉子にはもったいないくらいの貴公子だったじゃないか。そりゃあ死んだら悲しいさ」

母はいつもべた褒めだ。亡き夫には数える程しか会ったことがないから、彼の表面的なところしか見ていない。

「花純もああいった上等の男と結婚すりゃあよかったのに」と母が悔しそうに言う。加恋や芽以の前でもおかまいなしだ。

「そしたら離婚せずに済んだのに」と尚も母は言う。

「母さん、やめてよ」

子供の前だからという気遣いではなく、別れた夫の話題に触れるのは虫唾が走るという顔をしている。

「ほんと、だらしない男だったよねえ」

母が人を悪く言うときは、しつこいのが常だ。

花純だってだらしない。だからこそ相性が良かったんじゃないの。夏葉子はそう言ってやりたい衝動に駆られた。

「お姉ちゃんは素晴らしいダンナさんが死んだからつらいんだ。ふーん、だから？」

人の心を覗き見るような、意地の悪そうな目つきが不快だった。

目を逸らして壁の時計を見上げると、気づかない間に十時近くになっていた。

「芽以ちゃんはまだ小学生でしょう？　そろそろ帰った方がいいんじゃない？」

「何なのよ、それ。私には秘密なの？」

「秘密って、何が？」

「だってお姉ちゃんが実家に何泊もするなんて珍しいじゃない。何か相談することがあるんでしょう？　私にも聞かせてよ」

「別に相談することなんて何もないよ」

「隠さないでよ。私にも聞く権利があるんだから」

「権利って？」

「だって、お姉ちゃんが里帰りしたから私たちが二階に泊まれないんだよ」

「花純のマンション、ここからたったの二駅じゃないの」

「ここにいた方が便利なんだもん」

「便利って何が？　まさか、三度の食事の用意も洗濯も母さんがやってくれるからってこと？　そのうえ小遣いももらえるしね」

こんなきついことを、妹に向かって言ったことは今まで一度もない。母までが驚いたようにこちらを見ている。

「お姉ちゃん、ひどい、そんな言い方……」

いつもならすぐに謝るところだ。だが自分は花純を見据えていた。

私は事実を言ったまでだ。謝る必要がどこにある。

「なんなんだ、お前ら二人とも小学生じゃあるまいし。子供の前で恥ずかしくねえのか」

父が呆れたように言うが、加恋も芽以も、大人の話に聞き耳を立てるどころか、テレビの音量を大きくした。さも大人の会話がうるさい、静かにしろと言わんばかりだ。

「わかったよ。帰ればいいんでしょ、帰れば」

花純は甘酒を飲み干して立ち上がった。

「ガキども、帰るよ」

「やだあ、ママ、今いいところなんだよ」

長女の加恋はバラエティ番組を食い入るように見ていて、振り向かないまま抗議する。

「遅くなると心配だから、もう帰った方がいいよ。女三人暮らしだから物騒だよ。本当は泊まっていければよかったんだけど」

残念そうに言う母を、夏葉子は思わず凝視した。お前が来たから花純が泊まれないんだと言っているのも同然だった。

「なに言ってんだよ。花純はすぐそこに住んでんだから、そもそも泊まる必要なんてねえんだよ。九州からはるばる夏葉子が帰ってきてくれたってえのに全くなんなんだ。花純はテメエのことしか考えてねえんだな」

父がきっぱりと言った。

この夫婦は、互いに思ったことをすぐ口に出す。喧嘩になることも多いが、相手の考えていることが手に取るようにわかる。自分はついぞ両親のような夫婦関係は築けなかった。亡き夫と自分との間には距離がありすぎた。人からは、穏やかで優しい夫婦だと言われた。他人からは夫婦の実情はわからないものだとつくづく思うのはそんなときだ。だが断言できる。両親のようなのが本来の夫婦の姿なのだと。

「花純、そんな膨れ面しないでさ。機嫌直してね、また明日も来るといいよ」と母が優しく語りかけるように言う。

「来るに決まってんじゃん。だって明日は大晦日だよ。年越し蕎麦を食べに来なきゃ」

年越し蕎麦というものは実家で食べるものだと、まるで法律か何かで決まっているとでも言いたげだった。

「私も来るからね」と加恋が言う。「おばあちゃんのお蕎麦が食べたいの。ママの作るお蕎麦はカップ麺なんだもん」

「カップ麺じゃない蕎麦だって、コンビニに行けば売ってるぞ」と父が言う。

「コンビニのお蕎麦は高いからダメなんだって」と芽以も余計なことを言い、思いきり花純に睨まれた。姉妹はぺろりと舌を出して立ち上がった。花純の雷が落ちるのを予感したのか、さっさとダウンジャケットに袖を通している。

「おじいちゃん、おばあちゃん、お邪魔しました」

二人で声を揃えてお辞儀をする。

「礼儀正しくて良い子だねえ」と感心するように母が言う。母は花純だけでなく、孫にも甘い。

三人が帰っていくと、「どうなんだ、向こうは」と父が真面目な顔で尋ねてきた。

湯呑に残った玄米茶を、天を仰ぐようにして一滴も残さず飲み干すと、そこにインスタントコーヒーの粉を入れ始めた。父の背後にある茶簞笥（ちゃだんす）には飲み物類が全部入っている。父は電気ポットを引き寄せて、次々に飲み物を作ってはひとり飲んでいる。

「夏葉子は、経済的には心配ないんだろ？」

「まあ一応はね。家もあるし、パートだけど仕事もあるから。貯金はあんまりないけど」

母が大きな欠伸をした。「なんだか眠くなってきたよ。いつもはまだ働いている時間帯なのに不思議なもんだね」

「気が緩んだんだろ。こういうときに風邪を引くから気をつけろよ」

「今日は贅沢して地蔵湯に入ってくるよ」

「母さん、大丈夫なの？　お酒飲んでるのに」

「ビール一本なんて飲んだうちに入らないよ」

そう言いおいて、母はすぐ近くの銭湯へ出かけて行った。家にも風呂はあるのだが、年に何回かは自分へのご褒美として、広々とした銭湯に出かける。風呂上がりにフルーツ牛乳を飲んでマッサージチェアを使い、のんびり過ごすのが母は好きだった。

父と二人きりになった。

「堅太郎くんは生命保険には入ってなかったのか？」

「入ってたよ。でも子供がいないからほんの少し。五百万円くらい」

「そうか……たったそれだけか。お前の人生まだまだ長えからなあ。パートじゃなくて、もっとしっかり稼げる仕事を探した方がいいかもしれねえな」

母ならきっと、そんなにもらったのかと目の色を変えるだろう。だが父は頭の中で素早く計算する。そして、娘の将来を見通すと、たいした金額じゃないことがすぐにわかる。

「あのね、父さん、堅太郎さんが死んでから、向こうの両親との行き来が頻繁になったんだよ。嫁としての役割を期待されてるのよ。舅姑の老後の面倒を見るだけじゃなくて、引きこもりの義姉さんのことも私に託したいみたいでね」

大きな仏壇のことや、墓に朱色で名が刻んであることも話した。

「それはかなわねえな」

驚いて父を見つめた。父の世代の男性なら、「そんなこと嫁として当たり前だろ」くらいは言うと思っていたのだ。

「冗談じゃねえよ。俺の大切な娘が、なんで死んだ亭主の家族の世話までしなきゃなんねえんだ?」

「そう言ってくれるとほっとする。私って冷たい人間なのかなと思ったりしてたから」

「高瀬家のヤツら、上品そうに見えてとんでもねえな」

「それは言いすぎだよ。向こうの両親は良識があるし、優しくていい人たちだよ」

「俺はそうは思わねえよ」

 コーヒーを飲み終えた父は、急須の蓋を取って、出がらしの玄米茶の上にほうじ茶の葉を入れ、ポットから湯を注いだ。

「本当なら嫁を自由にしてやるべきだろ。まだお前も四十半ばなんだから再婚したっていいし、東京に帰ってきてもいい。向こうはもともと縁もゆかりもない土地なんだからさ」

「母さんはそうは言わなかったよ。我慢していれば向こうの実家の財産も手に入るって」

「向こうの財産？　そんなの手に入るわけねえだろ」

「どうして？」

「だって弓子さんがいるだろ。お前とそれほど年は離れてないよな」

「私の五歳上だよ」

「だろ？　つまり同世代じゃねえかよ。親としちゃあ引きこもりの娘に全財産を残してやりたいと思って当然だし、相続法でも、お前には一円も行かねえはずだよ」

「法律のことは、私も知ってる」

「たとえ弓子さんが早死にしたって、財産は、子供のいないお前にはもらえないよ。高瀬家の舅姑の姉妹か、その子や孫に行くはずだ。そんなことより、弓子さんが将来寝たきりになったらお前が面倒見るのか？」

「それは……嫌だ」

「お前が寝たきりになっても弓子さんは面倒見てくれないもんな」

「そりゃそうだよ」

「要はさ、夏葉子はつぶしてもいい人間なんだよ」

息を呑んで父を見つめた。

つぶしてもいい……なんという残酷な響きだろう。

「そんな……」

夫の両親からは、今までよくしてもらってきた。だから、まさかそんなこと考えもしなかった。だが、言われてみればその通りかもしれない。このまま嫁として墓守りをして生きていく人生なのだろうか。自分の死後は引き継ぐ人間もいないのに……。

「夏葉子は小さいときからしっかりしていた。花純みたいにわがままも言わなかった。大人しいが芯は強い。そのうえ相手の気持ちを優先するし誠実とくれば、誰だって頼りたくなる。つまり夏葉子は信頼に足る人間だ」

ずいぶんと褒めてくれるものだ。

「ありがとう、父さん」

「馬鹿、褒めたんじゃねえよ」

「えっ？」

「つまり夏葉子は、誰から見ても庇護(ひご)の対象じゃねえんだよ」

　喉がカラカラに渇いてきた気がした。

「父さん、私にもお茶淹れてよ」

　父は手を伸ばして茶簞笥から湯呑を出し、またもや出がらしを捨てずに、その上に煎茶を入れて湯を注いだ。

「母さんから見たって、花純は何歳になっても庇護の対象だけど、お前は小さいときから対象から外れてた。しっかりしている上に性格も悪くないとなったら、人は遠慮なくモノを頼むようになる。人に信頼されるのは、もちろん悪いことじゃねえよ。だけどな、なんでも『はいはい』と聞いていたら、人はそのうち『あいつは何を頼んでも断わらねえヤツ』ってことになるんだ」

「もしかして私って、みんなから小馬鹿にされてるの？」

「そうさ。気づかなかったのか？　夏葉子は人が好すぎるんだよ。それに比べて、頼りにならない花純のような人間は、すべてから免除されるんだ。お前はいつの間にか、何を頼んでも構わない便利屋の役割を背負うようになっている。いったんそういう役割になったら、みんな平気でいろんなことを押しつけてくる。つまりさ、『いい人ね』と言われながら、実は便利に使われている、軽く見られてんだ」

　あまりのショックに、言葉が出てこない。

父の淹れてくれた、妙に味わい深い茶を、ごくりと飲んだ。

「父さん……その言い方はあんまりじゃない？」

　消え入りそうな声で抵抗を試みるも、父の言葉で、今までの人生の様々なことがストンと腑に落ちた。

「どこの会社でもそうじゃねえのかな。できる人間に仕事が集中する。もしも夏葉子が頼りない女なら、誰もお前におんぶしてもらおうとは思わねえよ。花純には誰も頼ろうとしないのと同じでな。いっそのこと……」

　そこで父は言葉を区切り、ぬるくなった茶を飲んだ。

「夏葉子、誰かと再婚しちゃえよ。いい男はいねえのか？」

「え？　えっと……」

「なんだ、心当たりがあるんじゃねえか」

「そういうわけじゃないよ。ただ、つい最近お茶飲み友だちができただけで……」

工藤を思い出しながら言った。

「茶飲み友だち？　なんだ、それ。ババアみたいなこと言いやがって。お前が再婚したら、苗字が高瀬じゃなくなる。そしたら仏壇も引き継がなくていいし、墓からは朱色の文字を消してもらえる。天下晴れて自由だ」

想像しただけで、広い青空が一気に広がったような爽快感を覚えた。

「あんまり仲良くなかったのか、堅太郎さんと」

父がしんみりした声で尋ねた。どうしてわかるのだろう。

「……うん。あの人、最期まで何を考えているのか、私にはわからなかった」

サオリのことまでは話す気になれなかった。屈辱的だし、父を悲しませたくない。

「あいつ、あんな虫も殺さねえようなツラして女がいたんだろ」

びっくりして父を見つめてしまった。

「やっぱりそうか、とんでもねえヤツだな。うちの可愛い娘を苦しめるなんて許せねえ。早死にしたのは罰が当たったんだろうよ。女がいたことは、向こうの親は知らないのか」

「うん、言ってない。姑にしたら最愛の息子だもん。今さら傷つけるようなことを言うのもなんだかね」

「傷つくわけねえだろ」

「そう？　そういうもん？」

「当たり前だろ。てめえの息子の人生は短かったけれども、愛人をこさえたりしてめいっぱい楽しんで生きたと思って、逆に慰められるだろうさ」

「そうか、そういうものなんだ。私には子供がいないからわからなかった」

「俺が長崎に行ってやるよ。向こうの両親と話をつけてやる」

「父さんが？　それはやめてよ」

「どうしてだ」

「何もわざわざ事を荒立てなくてもいいよ。自分でなんとかするから」

「なんとかって、具体的にはどうするんだ」

「それは……まだこれから考えてみるところだけど」

「少しでも早い方がいいんじゃねえか？　その方が向こうのためにもなると思うけどな」

「向こうのためにも？」

「何でもそうだろ。早めに見切りをつけた方が、次の準備の段階に入れる」

「だけど父さん、店を休んで大丈夫なの？」

ておけるかってんだ」

「そんなこと言ってる場合じゃねえだろ。可愛い娘が窮地に立たされてるんだ。放っ
「父さん、変わったね」

「俺はちっとも変わってねえよ。うちは、俺以外みんな女だから仲間外れだっただけさ。だがな、それじゃあよくないことがある。実はこの前、常連客の娘が自殺してな」

　父は静かに語り始めた。その常連客は、自分の娘が自殺して初めて重大な悩みを抱えていることを知ったという。娘から頻繁に妻に電話がかかってきているのは知っていた。だが、妻は携帯電話を耳に当てながら、すぐに二階に上がってしまうのが常だった。まるで「お父さんには内緒」とでも言うように。いつも決まって長電話で、ぼそぼそと暗い声が聞こえてくるが、内容はちっとも聞き取れない。電話を終えて一階へ下りてきたときの妻は、いつも深刻そうな表情をしていた。「何かあったのか」と尋ねても、「別に」と答えるだけだった。自殺した後で娘が万引きしてスーパーの店員から恐喝されていたことを知った。そのうえあちこちのサラ金に多額の借金もあった。だが多額といっても合計三百万円かそこらだ。その常連客は悲しい目をして言ったらしい。

　——俺に相談してくれていたら、さっさと債務整理の弁護士に頼むという知恵もあったし、恐喝した店員を警察に突き出してやることもできた。何よりも娘婿に正直に話

したただろう。それで離婚だと言われたら、実家に帰ってくればいいんだ。ともかく、どう転んだって死ぬこたあなかったんだよ。

そして、その常連客は、娘二人を持つ父にアドバイスしたという。

——女房と娘がひそひそ話をしていたら、嫌がられてもいいから割って入んなよ。女子供に任せてたらとんでもないことになるぞ。

「だからあの日、俺はいつもなら出ない電話に出てみたんだ」

父は昔から電話で話すのがあまり好きじゃなかった。

「どうして私からだってわかったの?」

「ここんところ夏葉子にしては珍しく頻繁にかけてきてただろ。芳枝に聞いてみても、たいした用事じゃないって言うばっかりだから、なんか危ない気がしたんだ。男親の直感だとカッコつけたいところだけど、本当は自殺した娘さんの話をふっと思い出したんだ」

「そうか、ありがとう。助かったよ。父さんが電話に出てくれて」

「二月は忙しいから、三月に行くことにするよ」

「でも、父さんが来たら大ごとになるかもしれないし……」

「大ごとになって、どこが悪いんだ?」

「だって、向こうに恨まれて私が長崎で暮らしにくくなるかも……」

「俺はそんなヘマはしねえよ」

本当に大丈夫だろうか。

「俺が行くまでは大人しくしとけよ」

「大人しくって？」

「お前に新しい男ができたことは、向こうの親にはバレない方がいい。息子が亡くなる前からつき合ってたんじゃねえかと言われかねない」

「そんな……」

「スムーズに後腐れなく高瀬家と縁を切るためには、細心の注意を払った方がいいんだ。噂にならないよう気をつけろ」

「そうする。葬儀のあと、堅太郎さんの後輩が、会社のロッカーに残っていた荷物を家に届けてくれたのよ。そのときだって、いろいろお姑さんに言われたから」

「鬱陶しい人たちだな。常連客の中に弁護士がいるから、今度相談に行ってみるよ」

「父さん、ありがとう」

「礼なんか言うな。親子じゃねえか」

そう言うと、父はうまそうに茶を啜った。

8

正月三が日が明けて、夏葉子はひとり長崎へ戻ってきた。

長崎空港の到着ロビーには工藤が迎えに来てくれていた。夏葉子はハイネックのセーターに顎まで埋め、大きめのマスクをして眼鏡(めがね)をかけた。どこに姑の知り合いがいるかわからないからだ。インフルエンザの流行で、マスクをしている乗客が多かったので目立たずに済んだ。

工藤の優しそうな笑顔を見た途端、走っていって抱きつきたい衝動に駆られた。

「明けましておめでとう。今年もよろしく」と工藤は言った。

嬉しかった。ありきたりの挨拶といえばそれまでだが、「今年もよろしく」ということは、これからも一緒にドライブしたりおしゃべりをしたりできるということだ。

駐車場に停めてあった工藤の車の助手席に座ると、車はすぐに動き出した。

工藤は、「会いたかった」と言い、まっすぐ前を見たまま手を握ってきた。「私もよ」と握り返す。大きくて温かい手だった。夫は色白で繊細な長い指をしていたが、工藤の手は、がっちりとしていて男らしかった。

車はスピードを上げた。長崎市内とは反対方向へ進んでいる。

「どこに行くの？」

「取り敢えず休憩しよう」

休憩という言葉が何を意味するのかを考えただけで、頬が上気してきた。

車の中はボサノバが流れている。軽快なリズムが、気持ちを更に高ぶらせた。無言のまま車は進む。つないだままの手から工藤の血潮が感じられて、セクシーな気分になる。ほどなくして、するりと車ごとラブホテルの中へ吸い込まれていった。

部屋に入ると、夏葉子がコートを脱ぐのももどかしそうに、工藤は求めてきた。これほど熱心に求めてくれる男が、かつていただろうか。夫は結婚当初から淡泊だった。だが工藤は夫とは違い、会うたびに積極的で大胆だった。女の扱いに慣れている様子が感じられるのも頼もしかった。まるで自分が初心な女になったように錯覚させてくれる。

めくるめく数時間を過ごしたあと、二人で備え付けの冷蔵庫からコーラを出して飲んだ。真冬だというのに、身体が熱くほてっていて、冷たい炭酸が喉に心地よかった。

「お願いがあるんだけど、色々と事情があって、しばらくは二人の交際がバレないように、今まで以上に気を付けてもらいたいの」

「よかよ、わかった」と工藤は理由を詮索することもなく、あっさりと了承してくれた。

ホテルを後にして、再び工藤の車に乗り込んだ。

「こいからちょっと、うちに寄って行かん?」と、工藤が突然言った。

「行ってもいいの?」

「よかよ、うちでお茶でん飲もう」

車が長崎市内に入ると、夏葉子は急いで眼鏡をかけてマスクをした。

中心地から少し外れたところに、文化住宅が並ぶ街並みがあった。工藤はその中のこぢんまりした家の前に車を停めた。

「えっ、この家なの?」

一戸建てに住んでいるとは思わなかった。バツイチだと聞いたときから、マンション暮らしだと勝手に決めつけていたのだ。

「もしかして、ご両親と一緒に住んでるとか?」

「そうばい」

「今日はご両親はお留守なのね」

「いや、こん時間はたぶん家にいると思う」

「えっ、だって……」

「ついでだけん両親に紹介すっよ」

そう言って工藤はシートベルトを外して、ドアを開けようとした。

「ちょっと待ってよ。それ、本気で言ってる？」

「そがん真剣な顔せんと。別に結婚相手として紹介すっわけじゃなか」

だったらどう言って紹介するつもりなのだろう。こちらの疑問を敏感に察知したのか、

「ガールフレンドってことで紹介すっよ」と工藤が笑う。

「ガールフレンド？　それも……」まずいのではないか。

——噂にならないよう気をつけろ。

父の言葉を思い出した。

「取材で協力してもらってるだけの関係にしてほしいの」

「なんで？」

「あなたとのことが噂になって、向こうの耳に入ったら困るのよ」

「げなダンナさん、死んだんやろう？　もう自由の身じゃなかと？」

「この前も話したでしょう。嫁の役割を押し付けられて、がんじがらめなんだって」

「やったら、なおさら噂になった方がよかじゃなか？　向こうも諦めがつくし」

「ちゃんと段階を踏んで向こうに納得してもらいたいのよ」

「なんかわからんけど面倒な人たちたいね。わかった。そいなら取材ってことにしよう」

前庭はなく、道路ぎりぎりに家が建っている。工藤は玄関ドアを引っ張ったが、なかなか開かないのか、ドアノブに体重をかけるようにした。

「鍵がかかってるんじゃないの？」

「いや、古いうえに安普請（やすぶしん）だけん、ドアが歪（ゆが）んどるんだ」

工藤が思いきり引っ張ると、やっと開いた。

「あれま、ガールフレンドね？」と玄関先に出てきた母親が言った。

小太りで、見るからに庶民的なお袋さんといった感じだった。

「突然お邪魔して申し訳ありません」

「そげなこつ構わんけど、前もっち言うてくれれば、お茶菓子でん買っておいたんに」

と母親は悔しそうだ。

短い廊下を奥へ進むと、六畳ほどの居間があった。

「どうも、どうも」

座椅子にもたれてテレビを見ていた父親が、満面の笑みを向けた。

両親ともにあらたまった感じがないところを見ると、これまでも工藤は「ガールフレンド」なるものをちょくちょく紹介してきたのかもしれない。

「こちら、高瀬夏葉子さん」

「初めまして。お邪魔いたします」

「すぐにお茶ば淹れるったい」と母親は隣の台所へ入っていく。足を引きずるようにして歩く後ろ姿を見るともなく見ていると、母親が振り返った。

「腰と膝が痛うてね。もう年だけん」と苦笑する。

夏葉子は、すすめられた座布団に正座して、炬燵に膝の先だけ入れた。

「こちらの方は、今お前がおつき合いしとる人なんか?」と父親が工藤に尋ねた。

「いえ、違います」と夏葉子は、工藤が答えるより先に答えた。

そして、自分が「長崎風土記」に勤めていることや、「老舗の嫁」というテーマでの取材で、工藤に同級生を紹介してもらったことなどを説明した。

二月に東京の父がこちらに来るまでは、工藤との仲が噂になるのは絶対に避けたかった。

「ああ、そうやったとか。息子がお役に立ててよかったとです」

父親も、気取ったところのない、ざっくばらんな雰囲気だった。

初めて来た家なのに、既視感があり、妙に気持ちが落ち着く。所狭しと物が置いてあり、生活感に満ち溢れている。まるで東京の実家にいるようだった。自分は、こういった家の息子と結婚すべきだったのかもしれない。釣り合いというものが大切だとする考え方もある。それが本当ならば、自分は高瀬家よりも工藤家の方が気が楽だ。

「粗茶ですが、どうぞ」と、母親がほうじ茶を出してくれた。

「もしかして、高瀬さんてゆうっち……まさか、こん前、脳溢血で亡くなった、あの？」

「母さん、知っとっと？」と工藤が驚いている。

「そりゃあ知っとるよ。高瀬さんと言えばここらへんや名家で有名たい」

「名家？　へえ、俺は知らんやった」

「お前は地域のことなんていっちょん興味ないけんね」

「そうか、あの高瀬さんのお嫁さんやったとか。そいは、そいは」

父親も感心したようにうなずいた。高瀬家の嫁というのは、ある種のステータスなのか。

「こがんむさ苦しか家でうったまげたやろう。高瀬さんのところは、大きなおうちで池に錦鯉(にしきごい)ば飼っとるとやろう？」

母親はそう言うと、居住まいを正した。

「親戚も立派な人が多か」

高瀬家は、自分が思っていた以上に有名らしい。

日頃、暇を持て余しているのか、二人とも話好きだった。天候の話題から、芸能人の噂話まで尽きることがなかった。工藤は煎餅をかじりながら、両親の話に相槌を打っている。なごやかな時間だった。工藤はひとりっ子だ。こんな温かい家庭で育てられたのかと思うと、羨ましくなった。優しい性格なのは、きっとこういう両親に育てられたからだろう。

帰りは車で家まで送ってくれた。家の前に車が着いたが、夏葉子はなかなか車を降りることができなかった。別れがたくて、握った手を離したくない。

「ちょっと、うちに寄って行かない？」

——噂にならないよう気をつけろ。

父の言葉は常に頭の中にあったが、工藤に対する恋しさでいっぱいだった。切なくて「さよなら」が言えない。永遠の別れでもあるまいし、会おうと思えば明日また会えるだろうに。自分にもこれほどの情熱的な気持ちがまだ残っていたとは思いもしなかった。まるで、失われた十数年間の歓びを、一気に取り戻そうとでもするかのように貪欲になっている。

助手席に座ったまま辺りをそっと見渡してみたが、付近には人っ子ひとり歩いていない。

「そのまま車庫に入れてちょうだい」

先月、夫の車を売ったので、車庫の中は軽自動車だけになり、スペースが空いていた。

二人で家の中に入ると、すぐにドアにロックをしてチェーンもかけた。もしも人に見られていたとしても、「取材だ」と、どこまでも白を切るつもりだった。

リビングに入ると、工藤は遠慮なく室内を見渡した。

「よか家ばい。こがん広い家にひとりで住んどると？」

「そんなに広くないよ」

言ってすぐ、しまったと思った。高瀬家に比べたら小さいが、工藤家に比べたら広い。

「おなごひとりで住宅ローンば払うの、大変じゃなか？」

「ローンはもうないの」

夫の死亡で債務弁済の手続きをしてローンがなくなったことを説明した。

「すごかね。夏葉子は金持ちばい」

工藤が自分のことのように嬉しそうに微笑んだ。もしかして、こちらの暮らし向きを心配してくれていたのだろうか。身内のような気持ちなのかもしれない。両親に紹介してくれたくらいだ。深い愛情を感じて、幸福な気分だった。

「こん家、売ったらどんぐらいすっとやろう」と工藤が尋ねた。

「え？　今のところは……売る気はないけど」

もしも工藤と再婚することになれば、ここに住むのもいいのではないかとふと思った。


母から電話があるなんて珍しかった。

——父さんから聞いたよ。高瀬家の人たちがそんなに鬱陶しいなんて考えもしなかったよ。常識のある人たちに見えたんだけどねえ。

電話を通して、母の吐息が聞こえてきた。

——ダンナが亡くなったのは残念だったけど、でも立派な舅さんや姑さんが夏葉子を守ってくれているから安心だと思っていたのにさ、なんと逆だったとはね。

「これから私はどうやって暮らしていけばいいと思う？　母さんの意見を聞かせてよ」

——さっさと東京へ引き上げてくるのが一番いいと思うけど、夏葉子はそっちの暮らしが気に入ってるんだろう？

年末年始で帰省したときには、母とはほとんど話ができなかったけれど、母は父から話を聞いて、こちらの状況をよく知っていた。両親のどちらか一方に言っておけば、両方が知っている。会話のある夫婦であれば、こういうのが普通なのだろう。自分はといえば、大分銘菓「ざびえる」が夫の大好物だということさえ知らなかった……。

——安藤さんに相談してみたんだけどね。

安藤さんというのは、数軒隣の安藤手芸店の奥さんのことだ。母が言うには、心安くしている女性の中では最も物知りで頼りになるらしく、昔から何やかやと相談に乗ってもらっている。

——安藤さんが言うにはね、ダンナの親とは縁を切ることができるんだってさ。

「どうやって?」

——縁を切る届けを役所に出せばいいらしいよ。

「母さん、本気で言ってるの?　役所を縁切寺か何かと間違えてんじゃないの?」

——相変わらず可愛げのない子だねえ。いつもそうやって人を馬鹿にして。

「だって、そんな届けなんてあるわけないじゃない」

——安藤さんがあるって言ったんだから、あるのっ。あの人は間違ったことを言う人じゃないんだよ。騙されたと思って役所に行って聞いてみなよ。せっかく心配して忙しい中わざわざ電話してやってんのに、ほんと腹が立つ子だよ。もう切るよっ。

そう言うと、母は本当に電話を切ってしまった。

夏葉子は、まさかと思いながらも、パソコンの前に座り、「縁を切る　義父母」と打ってネットで検索してみた。すると、たくさんの検索結果が表示された。次々に読んでいくと、舅や姑と縁を切りたいという相談がたくさんあった。それらの回答として、『姻族関係終了届』なるものを役所に出すようにすすめるものが大半を占めた。

安藤さんの言ったことは本当だったらしい。

様式も載っていた。自分と夫の名前を書いて判を押せばいいだけだ。保証人の署名や印鑑さえ要らないとなると、婚姻届より簡単だ。そのうえ高瀬家側の署名が要らないのだから、舅や姑には知られずに出すことができる。

ネット上での回答には、『姻族関係終了届』を出すと同時に、『復氏届』も出すことを勧めているものが多かった。旧姓に戻せるらしい。同様に簡単な様式で、保証人は必要ない。さっきの用紙と違うところは、実家の両親の氏名を書く欄があることだ。

姓はどうしようか。今のままの高瀬でいるか、それとも旧姓の伊藤に戻した方がいいのか。長崎に来てからのつき合いは、すべて「高瀬夏葉子」で通っていた。仕事先でもスポーツジムでも「高瀬さん」と呼ばれている。いきなり苗字が変わると、ややこしいこともあるだろうが、夫の姓のままだと、本来の自分に戻れないような気がする。それに、高瀬家に縛られているという窮屈な思いがいつまでもなくならないだろう。

やはり旧姓に戻そう。だが旧姓に戻すとなると、銀行や保険会社を始めとして、うんざりするほどあちらこちらに変更届を出さなければならない。

夫婦別姓ならよかったのに……。そしたら嫁に対する周囲の意識も違ったのではないか。

ああ面倒でたまらない。

いや、大丈夫だ。ひとつひとつ確実にやっていけばいいだけだ。何も焦ることはない。明日にでも出勤前に市役所に寄って、届け出用紙をもらってこよう。

だけど……本当にそれでいいのだろうか。

届け出をすれば、きっと呆気なく手続きは終わるだろう。そしてその瞬間から自分は高瀬夏葉子ではなくて、伊藤夏葉子に戻り、高瀬家とは縁が切れる。

本当に後悔しないだろうか。

結婚以来、今まで舅や姑にはたくさん助けてもらった。経済的にはもちろん、精神的にも支えてもらってきた。夫との間にもいい思い出がないわけじゃない。特に結婚前は楽しかった。毎週土曜日はおしゃれをしてデートをしたものだ。

届けを出せば、高瀬家との関係は終わる……。思い出まで消えてしまうわけではないけれど、それらを全て否定してしまうようでつらい気持ちになった。

ネットを見ていくと、扶養義務について書かれた箇所があった。民法877条の2項によると、事情によっては三親等内の扶養義務が課せられることがあるという。ということは、舅姑だけでなく、義姉の世話までみさせられる可能性があるのか。そのうえ、昨今では介護施設が足らないせいか、政府は家庭での介護を推し進める政策を打ち出している。

自分のこれからを想像すると、絶望的な気持ちになった。

舅が七十九歳、姑が七十五歳。あと何年くらい生きるのだろう。十五年としたら、自分は五十九歳になる。二十年としたら、自分は六十四歳だ。だけど今どきは百歳まで生きるのだってザラだと聞く。

自分の人生の後半を舅姑に捧げるつもり？

そんなの絶対に嫌だ。ついさっきまで、いい思い出がたくさんあるなんて思っていたけれど、甘かった。それに、義姉の弓子はまだ四十九歳なのだ。自分と五歳しか違わないから、どちらが先に死ぬかわからない。

舅も姑も、今すぐに介護が必要というわけではないけれど、監視の目があると思うと、家の中でさえ寛げないし、工藤ともこれからもコソコソ隠れて会わなければならない。

息苦しくなってきた。

慌てて思いきり深呼吸をした。また酸欠状態だ。届けを出そうか出すまいかと、迷う余地などあるだろうか。

思い出なんか、もうどうだっていいよ。


翌日、出社する前に市役所に立ち寄った。

ネットの情報によれば、戸籍住民課というところに提出するらしい。

「すみません、姻族関係終了届を出したいのですが」

窓口の若い男性に言うと、きょとんとしている。

「インゾク、何ですか？　すみません、もう一度おっしゃってください」

「姻族関係終了届を出したいのですが」

あまり大きな声を出したくなかった。まだ八時半なのに、すぐ隣の課では老人たちが何やら順番待ちをしている。

「えっと、そのインゾクというのは、どういった目的の届け出でしょうか」

えっ、知らないの？　驚いて男性を見る。つまり、あの届けを出す人は滅多にいないってことなの？　そんな女は変わり者だってこと？　それとも、あなたはアルバイトか何かで、ここで働き始めたばかりだとか？

「昨年夫が亡くなりまして、それで、夫側の親族と……」

縁を切りたいとは、さすがに言いにくい。

「奥さん、死亡届は出されましたか？」

「はい、もちろんです」

「でしたら大丈夫ですよ。それ以上の届け出は必要ありませんから」

男性は柔らかな微笑みを浮かべると、夏葉子の後ろで順番を待っている男性の方へ目を向けた。夏葉子は呆気にとられ、そして、めげそうになった。

深呼吸をし、唾をゴクンと呑み込んだ。

「すみませんけど」

知らない間に大きな声を出し、男性を正面から見据えていた。

「姻族関係終了届のことを知っている職員さんを呼んでください」

男性はギョッとした顔でこちらを見る。夏葉子のきっぱりした物言いを、怒っていると取ったのか、気弱な表情になって目を泳がせた。そのとき、「こちらの方へどうぞ」と、眼鏡をかけた中年の女性が奥から出てきた。

「すぐに用紙をお持ちしますので、こちらに座ってお待ちください」

夏葉子が待っていると、ほどなくして、さっきの女性が紙を持ってきた。記入例の書かれた用紙も添えてある。

「わからないことがあったら聞いてください」

そう言って、女性は向かいに立っている。

「姻族関係を終了させる人の氏名」の欄に「高瀬夏葉子」と書き入れ、生年月日を記入した。

次の段は、住所と世帯主の欄だ。

「世帯主は私でいいんですよね？」

「そうです、奥様の名前をご記入ください」

夫の死亡届を出したとき、自動的に自分が世帯主となったことは知っていた。だが、女性が世帯主であることに違和感を覚えていたので尋ねてみたのだった。

なぜ違和感を覚えるのか。人々の心は、いまだに家父長制から解放されていないということなのか。四十代の自分でさえそうなら、戦前生まれの舅や姑は尚更だろう。

「死亡した配偶者」の欄に、夫の名前と死亡年月日を書き、最後に、「届出人」欄に署名と捺印をした。

女性が用紙を手に取る。彼女の視線が用紙の上を滑るように上下するのを、夏葉子は見つめていた。

「はい、これで結構です。確かに受け取りました」

そのあと復氏届も出し、夏葉子は一礼して正面玄関へ向かって歩いた。

足取りが軽かった。玄関を出たあとも、後悔の念は湧いてこなかった。

ああ、私はやっと自由になれた。遠くの山々を見上げると、清々しい気持ちになった。

これで、ついに「嫁」をやめることができたのだ。


二月になり、父が長崎空港に降り立った。

到着ロビーで出迎えると、「どうだ、気分は。伊藤夏葉子さん」と、父は幼子を包み込むような優しい笑顔で、わざわざフルネームで呼びかけた。

「父さんと母さんの子供だった小さい頃に戻ったような気になる」

わけのわからない感情が込み上げてきて、涙がじわりと滲んだ。

それを誤魔化すために、「いい天気だねえ」と、空を見上げた。

「本当だ。まだまだ寒いけど、日に日に春に近づいてるな」と父も真っ青な空を見上げ、眩(まぶ)しそうに目を細めた。

父は、軽自動車の助手席に座ると言った。

「だけど夏葉子、はっきりと言わなきゃ向こうだってわかんねえだろ」

市役所に行き、届けを出したのだが、そのことを姑に言い出せないでいた。

「それはそうなんだけどね。だから折を見て言おうとしてはいるんだけど」

だが、言い出すきっかけがつかめない。すると当然だが、姑は今まで通り頻繁に家に訪ねて来るし、イタリア旅行にしつこく誘ってくる。三日前などは、夏葉子が仕事から帰ってくると、姑が「お帰りなさい」と笑顔で出迎えた。手作りの惣菜が冷蔵庫に入っていたし、親しみを込めた表情を向ける姑を目の前にすると、どうしても届けのことを言うことができなかった。

「電話でも言ったけど、届けのことは俺が話す。その方が、話がスムーズに運ぶからさ」

「父さん、ありがとう。でも、やっぱりこういうことは自分で言うべきだと思うんだよ」

「相変わらず四角四面だな。舅や姑と同世代の俺が言う方が上手くいくよ」

「そうかなあ」

「俺が話を切り出すから、夏葉子も言いたいことがあるならこの際、躊躇せずに言えばいいんだぞ。遠慮は要らねえ。だけど絶対に相手を批判すんなよ」

「批判しちゃいけないんなら、何も言えないじゃない」

「そんなことはねえよ」

「勝手に家に入らないでほしいとか、私を便利に使わないでほしいとか、そういうことなら言ってもいいの?」

「それはダメだ。それは相手を非難しているのと同じだ」

「じゃあどう言えばいいの? さっき、遠慮は要らないって言ったくせに」

「自分がどう感じたか、どんなに嫌な思いをしてきたか、何が悲しかったか、そういうのを淡々と正直に言えばいいんだ。大げさに言うなよ。かといって、遠慮して話を小さくする必要もない。相手のテリトリーには入らずに、自分だけの世界の中で話すんだ」

「よくわかんないよ。例えばどういうふうに言えばいいの?」

「夏葉子が向こうに言いたいことは何なんだ?」

「たくさんありすぎて……例えば、うちの鍵を返してほしいとか」

「なんで返してほしいんだ?」

「だって、向こうが鍵を持っていると思っただけで、家の中にいても寛げないもの。休みの日だって、だらしない格好で寝そべっていることもできない。いつ何どき鍵を開けて入ってこられるかと思うとさ」

「いいぞ、その調子だ。思っていることを吐き出せ。それで?」

「いつも監視されている気がして、ときどき酸欠状態みたいに息苦しくなることがある」

「よし、上手に言えたぞ。それを全部そのまま言えばいいんだ。難しいことじゃない」

「何がどう上手なの？　逆に、どういうことを言っちゃいけないわけ？」

「勝手に家に入ってくるなんて非常識だとか、監視するのはやめてほしいだとか、だ。そういうことは言っちゃダメなんだ。要はさ、相手を非難することを言っちゃいけないんだよ。ただ単に、自分の苦しい気持ちを吐き出すんだ。簡単だろ？」

「簡単じゃないよ。それって、すごく高度なテクニックがいるよ」

「そんなことねえよ。その証拠に、花純はいつも実践してるぜ」

「えっ？」

「あいつは子供の頃から、自分の感情を訴えてきた。相手を悪く言わずに、だ。花純にできることなら、お前にもできるだろ」

「私には難しいよ。頭では理解できても、実践するには練習が必要みたい」

「そうか。いきなりは無理か。だったら、慣れないうちは、ひと言ひと言を選びながらゆっくり話せばいいんだ」

「やってみるよ。花純にできるんなら、私にだって……」

道路は空いていて、あっという間に市街地に入り、家に着いた。

父はベランダに置いてある白いガーデンチェアに座り、キラキラと光る海を眺めている。この家を買ったばかりの頃、母と一緒に遊びに来て以来だった。

「夏葉子はいい所に住んでるなあ」と、父はしみじみと言った。

丸テーブルを挟んで父の向かいに座る。

「こういう景色を見ていると、柄にもなく人生を振り返っちまいそうで怖いよ」

「どうして怖いのよ」

「いつも忙しく働いてるから物事を深く考える暇もない。それが俺の性に合ってる」

「じゃあ父さんは理想を実現してるわけね」

「口うるさい婆さんが傍(そば)にいるのは想定外だけどな」

「父さんと私、四十年以上も親子なのに、父さんの考えてること初めて聞いた気がする」

そう言うと、父はハハッと軽快に笑った。

「親子なんてそんなもんだろ。特に父親なんてものは」

寂しい気持ちになった。世の中には仲のいい父娘もいる。現に、花純は父にも遠慮なく思ったことをストレートに言う。どうして自分は花純のようにできないのだろう。そう考えていくと、夫と心の交流が少なかったのは、夫が悪いのではなくて、自分に責任があったとも思えてくる。

「心配するな。俺が向こうの親と後腐れなくきちんと話をしてやるよ」

「ありがとう。一日も早く仏壇を返したいし、お墓から私の名前を消してもらいたいの」

「わかった。そのことも俺の方から言おう」と父は力強く言った。

「だけど、本当にいいんだな？」と父が念を押す。

「うん、いいよ」と、夏葉子はきっぱり答えた。

「ここに来て良かったよ。お前が迷う余地なく向こうと縁を切りたいと思っているのが確認できて、俺もすっきりした。電話じゃ表情がわからねえからな」

父は紅茶を飲み干すと、勢いよく立ち上がった。

「さて、そろそろ出かけるとするか」

姑には、父が長崎に来るので挨拶に行くとだけ伝えてあった。父がそうしろと言ったからだ。

老舗の中華料理店で、長崎ちゃんぽんとハトシで昼食を取ってから、夏葉子の運転で高瀬家へ向かった。

姑が和服姿で出迎えた。

「遠いところをようこそおいでくださいました」

墨色の紬に、雪持ち寒椿の帯を合わせている。雪の重みに耐える姿をデザインしたものだ。以前にも姑がこの帯を締めているのを見たことがある。そのときは、春を待つ気持ちが伝わってくる文様だと姑が説明してくれた。だが、今日の自分にとっては、雪の重みに耐える姿が、高瀬家を背負わされる自分の姿と重なって見えた。

「さあ、どうぞ、お上がりください」

リビングに通され、父が「つまらない物ですが」と、東京土産の羊羹を渡す。

「ご丁寧にありがとうございます」

「ご主人は？」と父がリビングを見渡して尋ねた。

「それが……あいにく出かけておりまして」と、姑は目を逸らした。

父が来る日にちは、一ヶ月も前から伝えておいたはずだ。

「お義父さんは、どこへ行かれたんですか？」と、夏葉子は尋ねた。

「大切なOB会があってね、幹事をやってるもんだから抜けられなくて」

「……そうでしたか」と父は落胆を隠さなかった。

「折り入って話があったのですが……、だったら明日出直して参ります」

店が忙しいから用を済ませたらさっさと帰京するよう母に言われているらしいが、父は「鬼の居ぬ間に洗濯」と言い、長崎に何泊かするつもりのようだった。今日は市内を案内して、夜は居酒屋へ行くのもいいだろう。東京以外の飲み屋に行けば、メニューや客あしらいなど、何か得ることがあるかもしれない。

「それがいいわ。父さん、今日はお暇しましょう」

「うん、そうだな」

二人して腰を浮かしかけると、姑は慌てたように早口で言った。

「折り入ってのお話というのは何でしょう。私が伺っておくというのではダメですか?」

「いいえ、奥さんが頼りにならないということではないんですよ。だってうちなんか女房の方がしっかりしていますからね」と父は朗らかに笑った。「ですが、両方揃われたときにお話ししたいと思いまして」

「そんなに重要なお話なんでしょうか」と、姑は探るような目で父と夏葉子を交互に見た。

「堅太郎さんも亡くなられたことだし、今後のことを一度きちんとお話しさせていただいた方がいいと思いましてね」

「そうですか、でも明日も主人は……」

「明日もお義父さんはお出かけなんですか？」と夏葉子は尋ねた。

「……ええ、まあ」

「どこに行かれる予定ですか？」

思わず口調がきつくなってしまった。ひとつとして曖昧にしたくなかった。

今までの自分の人生、何もかもが曖昧ではなかったか。相手に気を遣い、相手が言いたくなさそうなら、もうそれ以上は聞かない。それが優しさであり、礼儀だと思ってきた。それは夫に対してもそうだった。夫婦なのに遠慮して常に顔色を見て暮らしてきた。

「明日もOB会か何かですか？」と夏葉子は尋ねた。

「OB会ではないんだけど……」

なんだかはっきりしない。

「ご主人がお帰りになったら、都合のいい日をこいつのスマホに連絡してやってください。夏葉子、それでいいよな」

「うん、いいよ。お義母さん、今日はお暇します」

「もうお帰りですか？」

「はい、父がせっかく長崎に来てくれたので、あちこち案内しようと思います」

「でしたら私もご一緒しましょう。私の方が夏葉子さんより詳しいですから、観光ハイヤーを呼びますわ」

なぜだかわからないが、嫌な予感がした。

本当は舅に会わせたくないのではないか。だから、長崎見物につき合う間に、父が何しに来たのか探り出そうとしているのではないか。

なぜ舅と父を会わせたくないのか。

やはり認知症なのだろうか。

それがバレたらまずいのか。

なぜまずいのか。

決まってるじゃないの。舅の世話を嫁に押し付けようとしているからよ。

「奥さん、ご親切にありがとうございます。ですが、それには及びません。正直言いまして、娘と二人だけの方が私も気が楽ですから」

そう言って父はガハハと豪快に笑った。父は普段はこういった笑い方はしないから、わざとらしかったし、似合わなかった。だが、普段の父を知らない姑には見破れないだろう。

父がこれほど頼りになる男だとは知らなかった。大きな背中に隠れていられると思うだけで安心感が広がった。

父は立ち上がり、コートを着た。

姑は尚も何か言いたそうにしていたが、諦めたらしい。玄関に向かう廊下を後ろから黙ってついてくる。

「そういえば」と父は廊下の途中で振り返った。

「お宅のお嬢さん、えっと……確か弓子さんとおっしゃいましたか」

「はい、弓子、ですが?」

姑の顔に緊張が走ったように見えた。

「弓子さんは、お元気でお暮らしですか?」

夏葉子は驚いて父を見た。いったい何を言い出すつもりだろう。

「はあ、一応は、まあ元気にしておりますが……」と言いながら、姑は夏葉子を凝視した。

「音楽教室で先生をしておられると伺っています。聡明でピアノがうまいとか」

父は微笑みを絶やさないまま、姑を見つめた。

弓子が引きこもりになったことは、父にも話したはずだ。

「お義母さん、すみません、お義姉さんのことは父には何も話していないもんですから」

　そのとき、二階から物音がした。弓子が階段の踊り場で聞き耳を立てているのか。

「夏葉子、それは何のことだ？　弓子さんがどうかしたのか？」

「お義姉さんは、もう音楽教室を辞めたのよ」

「ほお、そうだったのか。それで、今はどちらに？」

夏葉子は黙って姑を見つめた。姑が答えるべきことなのだ。父は姑に尋ねたのだから。

いつもの夏葉子なら、気を遣って先回りして答えただろう。

――まあまあ、父さん、そういうことはまた今度、ねっ、早く長崎見物に繰り出しましょうよ。

　きっとそう言って、父を外へ引っ張って行っただろう。

だが、もうそういうのも金輪際（こんりんざい）やめようと決めていた。

「今は……勤めておりませんの」と、姑は俯いて、消え入るような声で答えた。

「ご結婚されたんですか？」

「いえ……独身ですが」

「どこでお暮らしなんですか？」と父はしつこく聞きながらも、笑顔を絶やさないのがすごい。まるで老練な俳優みたいだった。

「弓子なら……うちの二階で暮らしておりますが」

「えっ?」と父は、さも驚いたように、玄関の天井を見上げた。まるで天井を透視して二階の弓子が見えるかのように。

「仕事は、今は何をされてるんです?」

「今は……何も」

「何もせずに家にいらっしゃる?」

「ええ、まあ」

「それは大変ですなあ。奥さんもこの先いろいろとご心配でしょう」

大変なのは奥さんであって、うちの娘ではない。うちの娘に何でもかんでも押しつけないでくださいよ。

暗に父はそう言いたかったのかもしれない。姑はそのことに気づいただろうか。

父は靴ベラを使い、ゆっくりと靴を履いた。

「では、ご連絡をお待ちしております。ご主人に会うのを楽しみにしています」

父と二人で高瀬家を辞した。

翌日になっても、姑からは連絡が来なかった。

「あのババア、いったい何考えてんだ？　なんで連絡してこねえんだよ。失礼だろ」

歩く常識といってもいいような、あの礼儀正しい姑とは思えない行動だった。

わざわざ東京から父が来て、「折り入って話」があると言っているのだから、姑は見当がついているのだろう。だからこそ連絡を寄越さないのだろうか。

「夏葉子が前に言ってたみてえに、向こうの親父さんは認知症なのかもしれねえな。だから会わせたくねえってことなのかな」

「そうかもしれない」

「だけど、遅かれ早かれわかっちまうことだろ？　それなのに何を恐れるんだ？」

「聞くと見るとじゃショックの大きさが違うから、父さんには会わせたくないんじゃない？　認知症の舅の世話まで俺の娘にさせる気かって父さんが怒ると思ったのかも」

「それこそ夏葉子のことを馬鹿にしてるじゃないか。俺は頭にきたぞ」

「父さん、まあ落ち着いてよ」

「だって俺を警戒してるってことはだぜ、俺の目は誤魔化せないと思ってるってことだ」

「うん、そういうことになるね」

「つまり、夏葉子ひとりなら、いくらでも口先で丸め込めると思ってる証拠じゃねえか」

絶句した。

——ダンナを亡くした女は世間から甘く見られるから気をつけなよ。

母が言っていた言葉を、また思い出した。

「じゃあ夏葉子、こうしよう」

リビングで、トーストとハムエッグのブランチを食べ終えた父は、勢いよく立ち上がり、食器を流しに運んだ。

「今から向こうに行ってみるか」

「向こうって、どこ?」

「高瀬の家に決まってんだろ。いきなり行ったら逃げ隠れできねえだろ?」

「私、もうどうでもよくなってきちゃったよ。わざわざ行かなくても、届けを出したことを電話で伝えるだけでいいんじゃないかな」

「夏葉子がここを引き払って東京へ帰ってくるんならそれでいいさ。だけどお前はこの土地が気に入ってるんだろ」

「うん、それはそうだけど」

「だったら、なるべく誠意を持って話をして、こちらの都合や気持ちも理解してもらった方がよくねえか？　少しでも住みやすくするための努力をしといた方がいいと思うぜ」

「なるほど……父さんて大人だね」

「何を言ってんだか。大人も何も、俺はもうジジイだよ。大きな孫もいるんだし」

連絡せずに、いきなり高瀬家に行った。

玄関チャイムを鳴らすと、「はい、どなた」とインターフォンを通して女性の声がした。

姑のソプラノではなかった。朝子かもしれない。

「夏葉子です」

――あら、夏葉子さん？　玄関、開いてるわよ。どうぞ。

弾んだ声が聞こえてきた。

舅の妹が来ているらしいと父に説明すると、「ややこしいことにならなきゃいいけどな」と眉根を寄せた。

「お邪魔します」と言いながら、客用のスリッパを勝手に履き、廊下を進んでリビングに顔を出した。

「ご無沙汰しております。夏葉子の父親でございます。いつも娘がお世話になっておりましてありがとうございます。お会いするのは結婚式以来でしょうか」

「あらあ、長崎に来ていらっしゃったんですか？　存じ上げませんで失礼いたしました。お久しぶりでございます。夏葉子さん、観光案内して差しあげた？」

朝子が相好を崩して尋ねるところを見ると、姑からは何も聞いていないらしい。

「今日は、お義母さんは？」と尋ねてみた。

「お義姉さんは、兄さんを迎えに行ったの。もうすぐ帰ってくると思うけど」

「迎えって、どこにですか？」

「それがね、警察なのよ」と朝子は声を落とした。「どうぞ、お座りになって。すぐにお茶を淹れますから」

「私も手伝います。それで、どうして警察なんかに？」

「じゃあ夏葉子さん、茶托を出してちょうだい。そう、その木彫りの。兄さんたらね、迷子になっちゃったのよ」

朝子は苦笑しながら、客用の湯呑に急須から濃い煎茶を注いだ。

「年を取るって、つらいわねえ。兄さんを見てると情けないやら切ないやら。自分の家がどこなのかわからなくなっちゃうなんてね」

そう言いながら、父がいるソファにお茶を運ぶ。「粗茶ですが」

「いただきます。それにしても大変ですなあ、認知症というのは。私ももう年ですから人ごととは思えませんよ」

父は、わざと「認知症」という言葉を出して、カマをかけたつもりだったのだろう。

しかし朝子は、「ほんとほんと。兄さんが認知症になるなんてびっくり。あんなに秀才だった人が」と隠そうともしない。親戚中みんなが知っていて当然という感じだった。

「だから夏葉子さんがいてくれて、義姉さんも本当に心強いと言って安心してるわ」

朝子が柔らかな微笑みをこちらへ向けたが、父も自分も、咄嗟のことで笑顔を返せなかった。それを見た朝子は、ハッとしたように真顔になった。

「あら、ごめんなさいね。夏葉子さんに何もかも押し付けようって言うのではもちろんないのよ。私もできることがあったら手伝うから気軽に声をかけてね」と慌てたように付け加える。「それにね、日によってはしっかりしてるのよ。この前も一緒に討論番組を見ていたら、すごく学術的な見解を述べたりもするわけ」

「ほお、それは面白いですね」と父が笑顔を見せると、朝子はほっとしたような顔をした。

「お迎えに行かれた警察署というのは、ここから近いんですか?」

父が穏やかな物言いで尋ねた。

「タクシーで五分くらいでしょうか。そろそろ帰ってきてもいい頃ですわ」

そのとき、玄関の方から声が聞こえてきた。

「おーい、帰ったぞー」

大声を張り上げながら、舅がリビングに入ってきた。下着のシャツがズボンからはみ出ていて、薄い髪が乱れに乱れ、地肌が見えていた。

「えっ？」

姑がドアの所で、大きな目をさらに見開いて立ち尽くした。「夏葉子さん、来てたの？お父さまも一緒に……」

「なかなかご連絡がいただけないものですから、不躾だとは思ったのですが」

「えっと、それは何のことなの？」と朝子がちらりと姑を見る。

「これはこれは、ご主人じゃありませんか」

父が言うと、舅は何を思ったか軍隊式の最敬礼をしてから、父に握手を求めてきた。

夏葉子は気味が悪くなったが、父は緩やかな微笑みを絶やさなかった。さすが長年に亘り客商売一本で生き抜いてきただけのことはある。

父が立ち上がって右手を差し出すと、舅は両手で父の手を包み込んでから、大きく上下に振った。満面の笑みである。

「兄さん、まあ落ち着いて、座りなさいよ」

朝子は今にも噴き出しそうな顔をして、舅を自分の隣に座らせた。

夏葉子は向かいのソファに、父と並んで腰を下ろした。

「実は折り入ってお話がありまして、お伺いしたんです」

「わざわざ東京からお越しいただいて恐縮です」と舅がまともな返答をした。

「長崎は本当に風光明媚（めいび）な所ですね。魚も空気もうまい」と父は舅を見つめて言った。

「そうでしょう。ここは暮らしよか所です」と舅が言うが、視点が定まっていない。

「夏葉子に案内してもらいましたが、グラバー邸も大浦天主堂も素晴らしかった」

「そりゃあ良かったです」

「もちろん、原爆資料館も平和公園にも行きました。戦争の悲惨さをあらためて思いました。戦争だけはいけませんなあ」

「おっしゃる通りです」と舅が静かに答える。

「そんなことより」と朝子が口を挟んだ。「折り入ってお話って、何ですか?」

「はい……堅太郎くんのご両親がお揃いのところで、聞いていただきたいと思いまして」

朝子は部外者だから遠慮してほしいと、父は暗に言っているのだが、朝子には通じていないようだった。

「あれ？　そういえば義姉さんはどこに行ったのかしら」と言いながら朝子が立ち上がりかけると、姑が何食わぬ顔でリビングに入ってきた。朱色の漆塗りの菓子盆に、大分銘菓の「ざびえる」が山のように盛られている。

「どうぞ、お召し上がりください」

テーブルに置かれた途端に、舅の手が伸びた。「これはうまいんだ。堅太郎の好物でね。おひとついかがですか？」

なぜ亡き夫の好物を出すのだろう。偶然なのか、それとも……堅太郎のことを忘れていないでしょうね、と念を押されているような気がした。

父は菓子盆には手を伸ばさなかった。

「中は白餡（しろあん）なんですがね、皮はバター風味豊かな洋風でね」と、舅は説明しながら満足そうに頬張っている。

父は舅には相槌を打たず、静かに話を始めた。

「うちの娘は四十四歳になりました」

姑も朝子もじっと父を見つめているが、舅は二個目のざびえるに手を伸ばした。

「四十四歳なんて、まだまだ若い。ようやっと折り返し地点に来たところです」

そう言って父は茶を啜った。「最近はみんな長生きで、日本女性の平均寿命は九十歳近い。百歳以上もザラだそうです。夏葉子もこの先、まだまだ長い人生が待っていま す」

「そうですね、それで?」と痺れを切らしたように朝子が口を出した。

父が、舅と姑を交互に見た。朝子には目を向けない。それに気づかないのか、朝子は尚も口を出した。「何のことだかわからないけど、ともかく単刀直入に言ってもらった方がいいわ。ねえ、義姉さん、そうでしょ?」

同意を求められた姑は、黙ったまま自分の手元を見つめている。お椀型にした両手のひらに、ざびえるをひとつだけ載せ、大切そうに見つめている。

「娘の家に置いてある仏壇を、こちらにお返ししたい」と、父はきっぱり言った。

「えっ、どういうこと? 仏壇を? 堅太郎くんの?」と朝子がびっくりしている。

「それともうひとつは、墓から娘の名前を消していただきたい」

「それは無理でしょう」とまたしても朝子が口を出す。「だって彫ってあるんだもの。あれは石なんだから、そう簡単には消せないわよ」

「無理なお願いとは思っておりません」と父は続けた。「夏葉子にも将来があります。

今後、よい伴侶が見つからないとも限りませんし、親としては娘に幸せになってもらいたいと思っております」

「東京のご実家に戻られるということですか？」

やっと姑が顔を上げ、口を開いた。

「いえ、夏葉子はこちらで暮らしたいと申しております。長崎は本当に美しい街で気に入っているようですから」

「なんだ、こっちにいるんじゃない」と朝子が親しみの籠った目で夏葉子を見たあと、「よかったわね、義姉さん」と姑に視線を移す。

姑の厳しかった顔つきも、少し緩んだように思えた。

肝心なことが伝わっていない気がして、思わず隣に座っている父を見た。父はまっすぐ前を向いたまま舅を見つめている。舅は、ざびえるを猛スピードで食べていた。もう十個以上は食べているのではないか。

「夏葉子は何か言うことはあるか？」

父がこちらを見た。

「えっと……」

言うべきことは言おう。父の教えの通り、相手を批判しない言い方で。

「鍵を返していただきたいのですが」

「鍵って、何の鍵？」

姑が尋ねた。首を傾げてこちらを見ている。芝居ではなさそうだった。どこの鍵のことなのか本当にわからないのだろうか。

「私の家の鍵です」

「あら、どうして？」

「落ち着かないと申しますか……自分の家なのに寛げない感じがして、それで……」

あんなに練習したのに、しどろもどろになってしまった。

「あそこは堅太郎が買った家なのよ。堅太郎が暮らしていた思い出深い家なのよ」

そのとき、夏葉子は初めて思った。

——あの家、もう売っちゃおうかな。

「夏葉子さん、ずっと前から一度聞きたいと思っていたことがあるの」

姑は正面から夏葉子を見据えた。

「なんでしょうか」

「堅太郎は、なぜあの若さで死んだの？」

今さら何を言っているのだろう。

「なぜって……脳溢血です。診断書にもそう書いてありましたけど」

「そげんこつ聞いとるんじゃなかとっ」

姑がいきなり大声で怒鳴ったので、夏葉子はびっくりして身体がビクッと震えた。姑が方言丸出しでしゃべるのを初めて聞いた。

「日頃、堅太郎にどがんもんば食べさせよったか聞いとるんばいっ」

姑は目を吊り上げ、いつかどこかで見た般若の面のような形相をしている。

隣で、父が息を呑む気配がした。

「あんたは妻としてきちんと健康管理ばしてきたと言えると？　あん若さで脳の血管が切れるってどがんことね。塩分や脂肪分ば摂り過ぎやったってことなんじゃなかね？」

「堅太郎さんは外食が多かったんです」

「そんなの初耳よ」と朝子が口を挟んだ。

「なして外食ばっかいさせよっと？　堅太郎が可哀相じゃなかねっ」

「残業や出張が多くて、堅太郎さんの方から、今日の夕飯は要らないと連絡してくる日が多かったんです」

「あんたに遠慮しとったんじゃなかね？」

「どうして私に遠慮するんですか？」

「あんたには言いにくい雰囲気があったとじゃなか？　そいに、ストレスが原因で血管が弱くなるって聞いたことがあるとよ。妻の夏葉子さんに対してもストレスば抱えとったに決まっとる」

そのときだった。「美哉、ちょっと落ち着かんね」

意外にも、舅が姑の肩を優しくさすった。「医者じゃなか人間が、血管の話ばしても始まらんばい」

みんな驚いて舅を見た。舅は菓子盆に手を伸ばして「ざびえる」をまたひとつ手に取りながら続けた。「なんば言ったところで、もう堅太郎は帰ってこんよ。嫁ば責めるとはよした方がよか」

「だって、兄さん……」

「夏葉子さんは口には出さんばってん、きっと家事ば取り仕切る妻としての反省点は色々とあるはずたい」

冗談じゃない。いったいこの人は何を言ってるの？

思わず大きな溜め息が漏れた。自分では意識していなかったが、これ見よがしの溜め息だと思われても仕方がないほど大きかったらしい。姑と朝子がこちらをじっと見据えている目つきでわかった。憎しみのこもったような表情に、夏葉子は戸惑った。

何年つき合っても、人というのはわからないものらしい。誰しも色々な面があって当たり前だと頭でわかってはいても、二人の目つきで、心にぐさりと鋭利なナイフが突き刺さったような心持ちになった。

これ以上反論しても無駄だろう。その顔つきから聞く耳は持っていないと思われた。そもそも言葉を尽くしたところで、封建的な考えの舅や姑とは世代間の溝が深すぎて、わかり合えるとは思えなかった。

——相手を批判すんなよ。

父はそう言った。だが、こうも言った。

——自分がどう感じたか、どんなに嫌な思いをしてきたか、何が悲しかったか、そういうのを淡々と正直に言えばいいんだ。

「私としては、お義父さんにもお義母さんにも真心を持って接してきたつもりでした。ですが、堅太郎さんが亡くなったあと……」

——お義父さんもお義母さんも、私に高瀬家の嫁としての役割を押しつけてきました。

という言い方は、父の言う批判に当たるのだろうか。だったらどう言えばいいのだろう。淡々と正直に自分の気持ちを語れと言われても、いったいどう言えば……。

「私は便利に使える嫁として扱われている気がして屈辱的で悲しかったです。ひとりの人間として尊重されたかったんです」

　思いきって口にしたが、姑も朝子も軽蔑を含んだような目を向けたまま何も言わない。

「堅太郎が可哀相たい。あんたみたいな女に騙されて……子供もよう産まんやったくせに。孫の顔ば見たかったたい」

　姑が泣き出した。朝子が「義姉さん、泣かないで」と肩に手を置いた。

「うちの娘に騙されたとは、どういう意味でしょうか?」

　父が怖いほど冷静な声を出した。

「だって、そうでしょう」と朝子が言った。「堅太郎は坊ちゃん育ちだから、世間知らずなところがあるんです。それが東京の汚い飲み屋の娘なんかと……最初は兄さんも義姉さんも大反対だったんですよ」

　初耳だった。舅も姑も、自分を快く迎え入れてくれたと思っていた。

「それで?」と父は凍ったような声音で尋ねた。

「堅太郎が『夏葉子さんと結婚できなかったら、一生誰とも結婚しない』って言ったのよね、義姉さん、そうだったわよね」と朝子が姑に尋ねる。

　姑は黙ったままうなずいた。

　亡き夫が本当にそんなことを言ったのだろうか。朝子と姑の表情を見る限り、嘘ではなさそうだった。だとしたら、どうして夫はそんな嘘をついたのか。自分ほど便利な女はこの世に二人といないとでもいうのか。

この期に及んでさえ、夫の考えていることがわからなかった。

「お言葉ですが、騙されていたのは私の方です」

夏葉子がそう言うと、朝子と姑がびっくりしたように夏葉子を見た。

「堅太郎さんが亡くなってから、銀行通帳を初めてみたんです。そしたら添島サオリさんという女性に、ほぼ毎月、五万、十万と送金していたことがわかりました。それも結婚前からずっと」

「ソエジマ？　サオリ？　それは誰なの？　そもそも死んでから気づくってどういうこと？　給料はあなたが管理してたんじゃないの？」

姑は、さっきよりは気分が落ち着いてきたのか、標準語で尋ねた。姑はサオリのことを知らないらしい。両親に交際を猛反対されて泣く泣く別れたとサオリは言ったはずだが、嘘だったのか。

「結婚以来、堅太郎さんからは家計費を渡されていただけです。それだけでは少し足りないのでパートに出たんです」

「そがんことやったとか」と舅が妙に明るい声で言った。「夏葉子さんがパートに出とっとは、金の使い方が下手だけんて思おとった。女房がいつっちゃそう言いおると。『うちん嫁は育ちが悪かから金の使い方がわからん』って。堅太郎は高給取りやとに、夏葉子さんは着る物（もん）もバッグも靴も今ひとつパッとせん。そがん美哉の不平不満ば年がら年中、聞かされるオイの身にもなってみてほしか」

舅はフフッと楽しそうに笑うと、最後のひとつとなったざびえるに手を伸ばした。

「夏葉子、さっきから話題に出ているサオリというのは誰なんだ？」

父は、まるで初めて知ったかのように装って尋ねた。

「夏葉子、どうなんだ。まさかと思うが……堅太郎くんは浮気してたのか？」

「……うん、そうみたい」

「お前も苦労するなあ。可哀相に。堅太郎君はもっと誠実な男性だと思っていたよ」

「ともかく」と、姑はコホンと咳をしてから続けた。「仏壇もうちに返す、墓から夏葉子さんの名を消してほしい、そうおっしゃるんですね」

「そういうことです」と、父は正面から姑を見据えて答えた。

「でしたら、東京へ引き上げていただきたいと思います」

「それは、どういうことでしょうか？」と夏葉子は尋ねた。

「今まで通り夏葉子さんがこの土地で暮らすのはおかしいでしょう」

「おかしい、と言いますと?」と父が低い声で尋ねる。

「街の中で夏葉子さんを見かけることもあるかもしれません」

「そりゃあるでしょう。だが、それが何なんです?」と父が詰め寄る。

「はっきり申し上げて、目障り（めざわ）なんです」

「誰がどこに住もうが勝手でしょう」と父は怒りを抑えたような声音で言った。

「私ね、本当は知ってるのよ」

姑は意地悪そうな顔つきで夏葉子を見た。

「義姉さん、知ってるって、何を」

「朝子さんも見たことあるんじゃないかしら。商店街の十字路のところで、ポンチョを来た妙な楽団の人たち」

「知ってるわよ。南米の山岳音楽を演奏してる人たちでしょう。外国人たちに混じって、変な笛を吹いてる風来坊みたいな日本人が一人いるわね」

「そう、その男よ。その人と夏葉子さんが一緒にいるのを見たって人がいるの」

「それは取材でご協力いただいたんです」ときっぱりと夏葉子は言った。

「それにしては目撃情報が多いようだけど」と姑は悔しそうな顔をしながらも食い下がる。

「うちの娘は、いまや独身なんですよ。いちいち行動を監視されたらたまりませんよ」

「そうはいきません。私の実家は十八代も続く旧家なんです。おかしな噂が立つと本家にも迷惑がかかります」

得意げにこちらを見る。

そのとき、父はハハッと声を出して笑った。

「実はうちは二十代以上続く家なんですがね」と、父は大きな声を出した。

「えっ、そうなんですか？」と朝子が驚いた顔で尋ねる。

「それは初耳ですが」と姑が疑いの目で父を見た。

二十代も続く家柄だったとは、夏葉子も初めて聞くことだった。

「初耳でしょうなあ。そんなつまらんことを自慢する趣味はないですから」

嫌みな言い方だった。父もとうとう怒りを抑えきれなくなったのかもしれない。

「夏葉子、そろそろお暇しようか」

父は立ち上がり、コートを手にした。

「あっ、そうそう。大切なことを言い忘れていました。実は、『姻族関係終了届』と『復氏届』を役所に出しました」

「は？　インゾク？　何のことですか？」と姑が尋ねる。

「ああ、そいなら知っとっと」と舅が口を挟む。「『姻族関係終了届』ば出したんなら、夏葉子さんは高瀬家の親族ではなくなったってことたい。そいから『復氏届』ば出したんなら、夏葉子さんは旧姓に戻ったと」

「その通りです。さすが、ご主人よくご存じで」

「そりゃあ私だって、だてに法学部ば出とっわけじゃなかけんなあ」

そう言うと、びっくりするぐらい大きなゲップをした。

「お邪魔いたしました」

そう言って父と二人で廊下を玄関に向かうが、誰も見送りに来る気配はなかった。

父が囁くような小さな声で言ったとき、階段の上の方で鉛筆か何かが転がるような音がした。義姉の弓子が聞き耳を立てているのだろうか。

「もうこれで、このうちに来ることもないな」

車に乗ると、冬の日差しで車内は温まっていた。

フロントガラスの所に置いておいたペットボトルの水が生ぬるくなっていたが、父はよほど喉が渇いていたのか、ゴクゴクと喉を鳴らして飲んだ。

「ねえ、父さん、うちがそんな由緒正しい家柄だったなんて知らなかったよ」

「夏葉子、よく聞け」

父はペットボトルのキャップを閉めながら続けた。「人間てものはさ、太古の昔から脈々と子孫を作ってきたんだぜ。だからこそ俺たちは今も生きているわけさ」

「うん、確かに」

「つまりな、今この世に生きてる人間すべてが何百代も何千代も続いている。そうだろ?」

いたずらっぽい目をして父がこちらを見た。

次の瞬間、ふたり同時に噴き出していた。

「俺も、まだまだ修行が足りねえなあ。最後まで冷静でいるつもりだったのに大きな声を出しちまったよ。ごめんな」

「とんでもない。嬉しかったよ。味方してくれて」

「親はいつだって子供の味方だよ」

「そうとも言えないよ。現に母さんは私の味方じゃないもん。花純にだけ優しいもん」

そう言いながら、まるで小学生の女の子みたいだと、自分でも情けなくなってきた。

「貧乏暇なしで、芳枝は忙しすぎたんだ。もとはといえば稼ぎの少ない俺が悪いんだが。だがな、お前が優秀で心配かけない子供だったことが救いだったと思う。娘が二人とも花純みたいなのだったら、母さんはもっと忙しくなって、もっと苛々してたかもしれない」

「あれ以上に苛々？　怖いよ」

　顔を見合わせて再び笑った。

　過去を笑い飛ばそうとする余裕は、いったいどこから出てきたのだろう。

「何かというと『お姉ちゃんだから辛抱しな』って夏葉子にばかり我慢を強いたのは、俺も母さんも悪かったと思ってるよ。そのせいで、いつの間にか夏葉子は自分を後回しにするようになったのかもしれねえな。花純なんて子供が二人もいるってえのに、いまだに自分が最優先だ。夏葉子と花純の性格を足して二で割ったくらいがちょうどいい。だがな、今回は母さんも夏葉子のことをひどく心配してたんだぞ。『東京に帰ってきて実家で暮らせばいいのに』って何度も繰り返してたんだぜ」

「そうなの？　母さんが？　へえ」

　少し心が軽くなった気がした。

「これからも私はここで暮らしていってもいいのかなあ」

「どこで暮らしてもいいさ。思うように生きればいいよ。高瀬家から逃れるためだけに東京に戻ってくる必要はないんだぞ。あの居心地のいい家で、海の見える生活を続けたいのなら、そうすればいい。これからは、自分を大切にすることを忘れるなよ。もっと自分を可愛がってやることだ。もちろん東京に帰ってきたいのならいつでも帰ってこい。二階の部屋を空けておくよ」

「父さん、ありがとう」

　夕陽が目に沁みた。

「夏葉子、配送業者に連絡して、明日にでも仏壇を向こうの家に運んでもらおう」

「うん、帰ったら早速ネットで調べてみる」

「俺がこっちにいるうちに全部済ませてしまおう。その方が俺も安心だから」

「堅太郎さんの遺品はどうしよう」

「そうだな……それは、妻だったお前の判断でいいんじゃねえか？」

「そうか、そうだね」

　運転しながら、頭の中で遺品の仕分けをした。

「父さん、結局、鍵を返してもらえなかったよ」

「そうだったな。鍵は新しい物に替えればいいさ」

　帰宅してから電話をすると、鍵屋はその日のうちに来てくれた。玄関のシリンダー錠を替えるのは三十分もかからなかった。新しい鍵は三本がセットになっていた。

「一本はお父さんが持ってて」

「俺が？　東京に住んでる俺が持っててもなあ」

「東京にいる父さんに持っててもらってもダメか。うっかり鍵を落としたときとか……」

そういうときは、市内に住んでいる信頼できる身内に持っていてもらうのが一番いい。

そう考えた途端、高瀬家の人々が既に身内でなくなってしまったことに、心細さを覚えた。

早まったのではないか。姻族関係終了届を出して、本当に良かったのか。

「どうした、暗い顔して」

「え？　そんなことないよ。父さんのお陰ですっきりして心晴れ晴れだよ」

父の骨折りに対して感謝こそすれ、今さら後悔しているとは言えない。

あっそうか。鍵は千亜希に預ければいい。

その夜は、夫のスーツや文房具などを段ボールに詰めた。そして配送業者に連絡して、仏壇とともに高瀬家に運んでもらうよう手配した。だが、手帳などは踏ん切りがつかず、手元に置いておいた。

早朝の長崎空港は寒かった。

父は出発ロビーの荷物検査を通り抜けるとき、こちらを振り向いて大きく手を振った。

――父さん、色々とありがとう。

口の中でそうつぶやき、手を振り返した。

父を見送ったその足で会社に行くと、二階堂の妻の澄子だけがいて、掃除をしていた。

「高瀬さん、おはよう。今日はずいぶん早かね」

「ええ……おはようございます」

自分が「高瀬さん」と呼ばれたことに初めて違和感を抱き、一瞬挨拶が遅れてしまった。

「どげんしたと？　真面目な顔して」

旧姓に戻したことを会社側に黙っているわけにはいかなかった。税金の関係もある。事務関係が苦手な二階堂に代わり、澄子が総務や人事や給与関係などの事務手続きを一手に引き受けている。

夏葉子は、バッグから住民票の写しを出した。

「えっと？　これは住民票たいね。引っ越ししたと？」

そう言って、手に取って住所の欄を指で差しながら目で追っている。

「いえ、苗字を旧姓に戻したんです」

「ああ、そがんことね」

驚く様子がないので、夏葉子は内心ほっとしていた。

自分もついこの前までは、姻戚関係を終了する届けがあることすら知らなかったのだから、澄子が知らなくても不思議ではない。夫の死亡により、単に苗字を旧姓に戻しただけだと捉えているに違いない。

「社内での呼び名はどがんすると？　今まで通り高瀬で通す？　そいとも伊藤さんの方がよかなら、みんなに報告した方がよかね」

「社内でも伊藤に戻したいと思います」

「わかった。じゃあ私の方からみんなに言っておくけん」

「お手数かけますが、よろしくお願いします」

「姻族関係終了届ば出したとね？」

「えっ？」

驚いて澄子を見た。

「私の学生時代の親友も、そん届けば出したと。だけん知っとっと」

「そうだったんですか」

「こんことは、二階堂にはわざわざ言う必要はなかよ。たぶん、あの人、そういった届けがあることば知らんけん」

「やっぱり知られない方がいいでしょうか？」

「あの人、考えが古かところがあっけん。ついこん間も、あんたんこと褒めとった。ダンナさんが亡くなってひとりになったあとも、舅姑に仕える、すごうよか嫁やって」

「いい嫁」のイメージが崩れたら……仕事上も差し障りが出てくるのだろうか。二階堂に嫌われたら、勤め続けられない可能性もある。

——お前の人生まだまだ長えからなあ。パートじゃなくて、もっとしっかり稼げる仕事を探した方がいいかもしれねえな。

父はそう言った。真剣に将来の設計を考えた方がいいかもしれない。

「税務署関係は私が一手に引き受けておるけん大丈夫。あなたはよか記事ば書くことに専念すればよかとやけん」

「ありがとうございます。でも……」

「仕事の対価として給料ば払っとる。社長といえどもプライベートに口出すべきじゃなか」

「お気遣い、本当にありがとうございます」

一礼してから、窓際の自分の席に座った。

これからの暮らしにはリスクがある……。
漠然とした不安に包まれていた。

9

狂おしいほど工藤に会いたかった。

今日は商店街の十字路で演奏する日だ。

念入りに髪をブローしてから家を出た。

たぶん帰りに工藤とカフェでお茶を飲み、そのあと彼の車でホテルに行くことになるだろう。それを見越して、自分の車には乗らず、路面電車で向かった。

商店街の最寄りの駅で電車を降りて歩き始める。もう少しで会えると思うと、駆け出したくなった。大好きな曲『花祭り』が聞こえてきた。近づくに連れて、音量が増してくる。軽快な曲なのに、なんとも物哀しい。

十字路の広場に出ると、工藤はすぐにこちらに気づいてくれた。ケーナを吹きながらウィンクを送ってくる。

次は、『泣きながら』という曲だった。越し方を振り返らずにはいられない曲だ。柱にもたれかかったまま夏葉子は目を閉じた。すると、行ったこともないのにアンデス山脈の向こうに広がる大平原が瞼(まぶた)の裏に広がった。荒々しくも清々しい光景は、工藤の人間性と合致している。ゆったり流れる大河のような大らかさと優しさを兼ね備えた男だ。

ケーナを操る指先を見た。ごつごつした男らしい大きな手をしているが、動きは繊細だ。笛をくわえる唇を見た。舌がよく動き、スタッカートが鋭い。あの指や唇や舌が、自分の身体を這(は)ったかと思うと、歓びが身体の芯から突き上げてくるようだった。

夏葉子は急いでバッグからマスクを出してつけた。もしかして、自分の頬が上気して赤くなっているかもしれないと思ったからだ。

工藤がじっとこちらを見つめている。妄想を見破られたようで、急に恥ずかしくなり、思わず目を逸らした。

全ての演目が終わると、夏葉子は先にカフェに入った。初めて工藤と入った思い出のカフェだった。今までは人目を気にしていたが、高瀬家とは縁が切れたのだし、もう何を言われてもかまわないと思った。

しばらくすると、工藤が店に入ってきた。

工藤が向かいの席に座って注文を終えると、夏葉子は息せき切って話し始めた。父が来てからの目まぐるしい日々を、工藤は興味深そうに聞いてくれた。市役所で届けを出したことも、仏壇を実家に運んだことも話した。

「聡明なお父さんたい」と感心したように首を振る。

「あんなに頼りになるとは思わなかったわ」

「すっきりして良かったね。こいで天下晴れて自由になったわけたい。おめでとう」

「うん、ありがとう」

「俺の親父は八十五歳で、お袋は七十八歳ばい」

いきなり話題が変わった。

もしかして、両親はもう年だから、早く身を落ち着けて安心させてやりたいということなのか？　つまり、工藤は自分にプロポーズしようとしているのだろうか。

「早く再婚しろってやかましかよ」

プロポーズされたら、どうしようと考える。この人と残りの人生を歩んでいくのもいいかもしれない。収入は少なそうだが、バイタリティがある。いざとなれば肉体労働でも何でもやってのける逞しさだってある。

それに……子供を作る最後のチャンスかもしれない。

「うちん両親は、夏葉子のことば、すごう気に入ったみたいやった」

「そう言われると嬉しいけど、でもご両親に会ったのは一回だけだし、挨拶程度の会話しかしてないよ。どこが気に入ったんだろう」

「高瀬家のお嫁さんやった人なら安心げな。お袋がそう言っとった」

「えっ？　それは……どういう意味なんだろうね」

　本当は尋ねるまでもなかった。一種のブランド力とでもいうものだろう。

「高瀬家のお姑さんにきちんと躾けられたとやろう。だけん間違いがないいて」

「躾けられた？」

　ゾッとして鳥肌が立つ思いだった。幼子（おさなご）ならともかく、犬や猫じゃあるまいし。

「俺はね、結婚には向いとらんって、前ん奥さんから散々言われたと」

「それは、どういう意味で？」

「俺は結婚してからも、放浪の旅ばどうしてもやめられんやったとよ」

「それは知らなかったわ。外国を旅するのは、独身時代と離婚後のことだと思ってたよ。結婚しているときは、どうやって食べてたの？」

「各地でアルバイトばしとったばい」

「それくらいじゃあ、奥さんに仕送りできるほどは稼げないでしょう？」

「自分が食べていくだけでやっとこさやった。前ん奥さんは歯科医やったから助かった」

「それも初耳だわ」

「あれ？　言いおらんやったと？　なかなか評判のよか歯医者さんやったと。儲かっとって気前が良かったばい」

もしかして……ヒモだったの？

今までも、二人の食事代やホテル代のほとんどを自分が支払ってきた。どうしてだか、ラブホテルでは毎回、工藤が財布を取り出すタイミングが遅い。いつもハラハラした。人目につくのが嫌で、さっと自分が払ってしまう。そしてレストランでも、取材費として領収証をもらうために自分が払う。もちろん会社に請求したりはしない。単に人目を誤魔化すためだ。

でも、いくら何でもヒモだなんてこと……そんなことはないだろう。

工藤の男らしさを考えてみても、それはおかしい。

「実は、夏葉子に折り入ってお願いがあっと」

いよいよ来た。プロポーズだ。

——少し考えさせてください。

今日のところはそう答えよう。

もう若くはないのだから、勢いなんかで結婚したくない。二十代の頃は相手しか見ていなかった。だが四十半ばともなると、相手の付属物が気になってくる。工藤の両親が要介護になる日も、そう遠くはないだろう。工藤と結婚するということは、それをも引き受けるということになる。地方都市では、嫁が家で面倒を見て当たり前という考えが依然としてまかり通っている。

損得勘定が頭に浮かぶのは悲しいことかもしれない。だけど、二十代のときのような純粋な気持ちは持てそうにない。工藤とは、これからもつき合っていきたい気持ちは強いが、ひとり暮らしの気楽さも手放せない。赤煉瓦の家をひとりで好きなように使い、庭には好きな花を植える。静かで快適なあの暮らしを、誰にも邪魔されたくない。

会いたいときに会うというのが理想的な形かもしれない。

「で、お願いって何？」

工藤がなかなか言い出さないので、こちらから尋ねてみた。

「実は、来月から三ヶ月の間、もういっぺん南米ば旅してみたいと思っとる」

想像していたのとは全く違う内容だった。求婚されるとばかり思っていた。

「三ヶ月も？　ずいぶん長いわね」

会えなくなると思うと寂しかった。

「そん間、両親のことが心配ばい」

「そりゃそうでしょう。この前会ったとき、お母さんは腰と膝を痛めてらしたものね」

「親父も血圧が高か」

「ちょくちょくメールかスカイプで連絡を取るようにすれば？」

「無理たい。親父もお袋も、スカイプどころかメールも使えんけん」

「だったら、電話してあげることね」

「電話代が馬鹿にならんとよ」

「それもそうね。だったら……」

会社の同僚で、老親を介護しつつ仕事をしている女性がいる。彼女の話によれば……。

「デイサービスとショートステイを、週に五日も利用して乗り切ってる同僚がいるわ」

「そういうのも考えたけど、そうなると、すごう高うつくとよ」

同僚の彼女も、そのことは言っていた。

「それもそうね、ご両親となると、二人分だもんね」

「悪かばってん、夏葉子に面倒ば見てもらえんかと思おて」

「え？」

驚いて工藤を見た。

——冗談に決まってるだろ。

そう言ってケラケラと笑ってほしかった。

「頼んでよかね？　朝から晩までってことじゃなか。でも最低でん一日一回は訪ねてほしか。食事は夕飯だけ作ってくれればよかよ。そいが無理なら弁当ば買ってきてくれてもよか」

その弁当代は誰が出すの？

指先から血の気が引いていく。

——夏葉子はつぶしてもいい人間なんだよ。

そう言われているのも同然だった。

冗談はやめてよっ。そう言って、ひっぱたいてやりたくなる。

——絶対に相手を批判すんなよ。

父の忠告をふと思い出した。

父さん、本当にそうかな。言いたいことははっきり言った方がいいんじゃないかな。

こちらが黙っているのを了承と捉えたのか、工藤は「もうひとつお願いがあっと」と言って、優しそうな眼差しで正面からじっと見つめてきた。

「ちょっとでよかばってん、旅行費用ば貸してもらえんやろうか」

一瞬にして工藤への愛が冷めた。その早さは、自分でも驚くほどだった。温度計の赤い液体が一気に下降する映像が思い浮かんだ。

ふうっと息を吐きだしながら、瞬時に考えた。

この男には、これ以上かかわらない方がいい。

そのためには今どうするか。

恨まれずにすっぱり切るのに最良の策はなんなのか。

——女優になれ。

父さんだって、いざというときは老練な名優になった。

「あっ、ごめん」

そう言いながら、バッグからスマホを取り出して、時刻を確かめるふりをした。

「何か用があると？」

「そうなのよ。友だちと会う約束があるの。そろそろ行かなきゃ」

夏葉子は立ち上がった。

「なんだ、残念ばい。今日も休憩でくっと思おとったとに」

休憩……あれほど心ときめいた言葉に、いま自分は鳥肌が立っている。

「夏葉子が帰るんなら、俺も店ば出るけん」

「まだたくさん残ってるじゃない。もったいないわよ。のんびりしていけばいいよ」

「でも……」

まさか、お金がないとか？

夏葉子はコーヒーしか頼まなかった。だが工藤は、メニューの中でいちばん高いトルコライスのスペシャルと、特製ミルクセーキを注文した。トルコライスというのは、ピラフとナポリタンスパゲティの上にトンカツを載せたもので、長崎の人なら誰でも知っている。

「コーヒー、ご馳走さま」

そう言って夏葉子がにっこり笑うと、工藤は困り果てたような顔をした。本当に持ち合わせがないのかもしれない。

でも……そんなこと私の知ったことか。

振り返らず、颯爽と店を出た。

ふと、亡き夫の上品さがしみじみと懐かしくなった。

路面電車の駅に向かって歩く途中、スマホのアドレス帳から工藤を削除した。

翌日会社に行くと、「長崎風土記」の最新号が刷り上がってきていた。

夏葉子が撮った旅館の若女将の写真もきれいに印刷されている。

今日は旅館に直接出向き、最新号を手渡すつもりだ。取材後の対応が丁寧との評判を得たいし、旅館のカウンターに百部ほど置かせてもらう算段もある。それらは単に会社の方針だが、自分としては、記事を初めて読んだときの相手の表情を確かめたかった。週刊誌のゴシップではないのだから、取材した相手にも喜んでもらえる記事を目指している。ゲラができた時点で、間違いはないか、直してほしい箇所はないかなどを尋ね、了承を得ているが、見落としがないとは言いきれない。

若女将は、今日も剝きたての茹で卵のような肌をしていた。ロビーのソファは家族連れの宿泊客が占領していたからか、奥の和室に通された。

「これなんですが」と、早速、新しい号を見せた。

女将は、「拝見します」と上品に微笑んで読み始めた。

夏葉子は、女将の長い睫毛が上下する様子を見つめた。

何度も推敲（すいこう）したので、ゲラの内容は一字一句覚えている。

――この家にお嫁に来て本当に良かったと思っています。主人の両親もよくしてくれますし、今では本当の親子のようです。仕事はもちろんのこと、家事や親戚づきあいも、まだまだお義母さんの足もとにも及びませんが、今後も少しずつ学んで成長していきたいと思っています。

――何か不満はありませんか？

——そうですねえ。敢えて言うなら、たまには焼き餃子が食べたいです（笑）。お義母さんは蒸し餃子が好きみたいで、焼かせてくれないんですよ。フフフ。

「この写真、すごう美人に写っとる。嬉しか」と、若女将は満足そうに笑った。

「それは良かったです。ご協力ありがとうございました」

仕事が山積みだったので、すぐに腰を上げた。フリーマガジンの評判がよく広告主が増えたので、今年からページ数を増やすことになったのだ。そのうえ、市の観光課が出すパンフレットを二階堂が落札したので、ゴールデンウイークまでに、カラー版の八ページの物を作り上げなければならなかった。

障子戸を開けてから、振り返ってあらためて丁寧にお辞儀をすると、若女将は畳の目に沿って足袋（たび）を滑らせるようにして、音もなくすり寄ってきた。そして、開けたばかりの障子戸を素早く閉めた。びっくりして顔を上げると、すぐ目の前に若女将の顔がある。夏葉子は驚いて、思わず一歩引くと、逃がすまいとでもするように、肘（ひじ）を強くつかまれた。

「あんたも工藤の餌食（えじき）になったとでしょ」

耳もとで、そう囁かれた。

見ると、上品な顔に下卑た笑いを載せている。

「餌食？　餌食って何のことですか？」

とぼけるしかなかった。

相手は下卑た笑いを引っ込め、真顔になってまじまじと見つめてくる。まさに穴があくほど見つめるとはこういうことかと思うほどだった。

「ふうん、何もなかったと？」

それでもまだ疑っているのか、つかんだ肘を離そうとしない。思いきり振り払ってしまいたかったが、今後この旅館から広告収入を得ることができるかもしれないと思い、ぐっと我慢した。

「工藤くんは昔から手が早かばい。ばってん、徹底的に避妊すっとは立派たいね」

同意を求めるようにして、こちらを覗き込んでくる。

「いったい何の話ですか？」

「工藤くんにしては珍しくまぁだ手ば出しとらんの？　そいとも鼈甲細工の美佐子と同じで、あんたもポーカーフェイスかもしれんね」

「は？」

夏葉子は眉間に皺を寄せて、女将の目を正面から捉えた。何のことを言っているのか本当にわからない、だが失礼にもほどがあると言ったふうに。

うまく女優になれたようだ。

「なんだ、工藤くんも相手ば選ぶとか……そりゃそうだね」

若女将は、さも面白くなさそうに、ひとりつぶやいた。

今のはどういう意味だ。若女将や美佐子レベルの美人でないと工藤は相手にしない、だからあなたは相手にされなかった。そう言いたいのか。腹立たしかったが、ここは最後まで知らんふりで通すしかない。

「妙なことにならんために忠告しておいてあげる。げな、高瀬さんは軽か気持ちで男遊びするタイプには見えんもんね。本気で好きんごとなってのめり込んでしまうやろう」

「はあ」

「私んごたる女でんヤバかった時期があったとよ」

「あのう……そんなことを私に話してしまって大丈夫なんですか？」

「噂にはならんとよ。こがん仕事ばしとっと、周りん人は粋ば心得ておるけん。ばってん美佐子んごと職人の嫁は危なかとよ」

「そういうものなんですか」と、世間知らずのふりをしてみせる。いや、ふりではなくて、自分は本当に世間知らずなのかもしれない。

「工藤てゆう男はね、財布ば忘れたとか、たまたま銀行でお金ば下ろしてくるとば忘れた言うて、女に払わせるとがうまかよ」

「それはびっくりです」と言って、ウフフと声に出して明るく笑ってみせた。

何をどう誤解したのか、若女将も同じように笑い、親しみの籠った眼差しを向けてくる。

「だけん工藤はね、ある程度お金ば持っとっ女にしか近づかん」

「だったら大丈夫です。私は貧乏暇なしの典型ですし」

若女将は、無遠慮に夏葉子の服装を上から下まで眺めた。そして安価なナイロンバッグにも目を留め、納得したようにうなずいた。

「ご忠告ありがとうございました。でもこうして取材も終わりましたので、私はもう工藤さんと会うことはないと思います」

「あっ、しもうた」

若女将はいきなり両手で口を押さえて、目をまん丸にした。「こん前、聞いたばっかりやのに、忘れとったと。高瀬さんは、あん高瀬家のお嫁さんやってね。そがん良かおうちのお嫁さんが工藤なんて相手にすっわけがなか。あがん品のあったご主人とは比べもんにならん。本当にすまんやった」

そう言うと若女将は、袂（たもと）から細長い紙を取り出した。

「うちのお風呂は、広うて死ぬごと気持ちがよかと」

そう言いながら、チケットを夏葉子の手に握らせた。見ると、三〇パーセントオフと書かれた割引券だった。

「女子会コースなら、夕食後に豪華なデザートもつくばい。なんなら宿泊なしの、夕食とお風呂だけのコースがお手軽たい」

旅館を切り盛りする若女将の顔に戻っていた。

「ありがとうございます。是非、使わせていただきます」

今度、千亜希を誘ってみよう。

たまにはご馳走を食べて、のんびり一泊してもいいかなと思った。

以前の自分なら、二度とこの若女将には会わないと決心しただろう。だが、それが可能なのは東京のような大都会だけだ。地方都市では、会いたくなくても、デパートで、市役所で、駅で、書店でばったり会ってしまう。地方に住むというのはそういうことだ。東京のような一期一会の世界ではない。そうすると、良くも悪くも自ずと知り合いが増えていくことになる。

それは鬱陶しいことでもあるが、一方では心強い面もある。というのも、この若女将にしても、夫の両親にしても朝子にしても、誰ひとりとして真の悪人ではないからだ。

世代や考え方の違いがあっても、善良な人々であることを、自分は本当はよくわかっている。

自分も少しは大人になったのかもしれない。

明日がバレンタインデーだと気づいたのは、夜も更けてからだった。

今年は誰にもチョコレートをあげる予定がなかった。

考えてみれば、舅と姑には折にふれプレゼントをしてきた。母の日、父の日、それぞれの誕生日、敬老の日、そしてバレンタインデーと、なんと、年に六回もだ。高価なものではなかったが、それでもあまりの頻繁さに正直言ってうんざりすることがあった。喜ぶ顔見たさにプレゼントするのではなく、単に義務化していた。それが、姻戚関係を解消したことにより、何をあげようかと頭を悩ませることからも解放された。

でも……妙に寂しかった。

明日はデパートに行って、バレンタインデーのチョコを買おう。芸術的で美しい物がいい。二つ買って、ひとつは自分へのご褒美に、もうひとつは千亜希にあげよう。彼女はときどき小さな贈り物をくれる。鉢植えの花だったり、きれいな刺繍のタオルハンカチだったりする。「街を歩いているときに見つけた」と言い、何でもない日にくれるのだ。たまにはお返ししよう。

そろそろ寝ようかとテレビを消したとき、携帯にメールが届いていることに気がついた。

「嘘でしょう?」

誰もいない部屋で、思わず大きな声を出していた。

差出人名に「高瀬弓子」と出ている。

すぐにメールを開いてみた。

――お久しぶりです。堅太郎のことで、お話ししたいことがあります。次の土曜の午後は、両親が親戚の米寿の祝いの会で留守にするので、家に来てもらえませんか?

メールアドレスは昔のままだった。父と高瀬家に何度か行ったとき、二階の踊り場付近で物音がした。あれはやはり弓子が聞き耳を立てていたのだろうか。

話って何だろう。姻族関係終了届を出して高瀬家を捨てたと詰られるのだろうか。

ひとりで行くのが怖かった。長年に亘り引きこもっている人間が、どういう精神状態でいるのか想像もつかない。まさかナイフで刺されるなどということはないとは思うが……。いや、ないともいえないのではないか。父が来たときの、姑とのやりとりを二階でこっそり聞いていたとしたら、腹を立てていることも十分にあり得る。

ひとりでは行かない方がいい。

明日にでも千亜希に相談してみよう。


翌日、仕事の帰りにスポーツジムへ向かった。

千亜希の姿はすぐに見つかった。エアロバイクに乗る横顔が、なんだか暗い。

「こんにちは」

隣のバイクにまたがり、漕ぎながら話しかける。

「夏葉子さん、会いたいと思おとったの。あとで私の話ば聞いてくれる？」

「私も頼みたいことがあったの。帰りにうちで食事しましょうよ」

そう答えると、硬かった千亜希の表情が少し緩んだ。

一時間ほど汗を流し、閉店間際のデパートで、割引になった惣菜や寿司を買って家に向かった。

「この前、父が来たのよ」

父が来てからのあれこれを矢継ぎ早に話した。姻族関係終了届や復氏届を出したことや、姑と口論になったこと、舅が認知症であることなど。

「短い間に、いろいろあったんだね」

「中でもショックだったのは、父が私のことを、つぶしてもかまわない人間だと周りに思われているって言ったことよ」

「ふうん」

もっと驚いてくれると思っていたのに、千亜希は顔色ひとつ変えなかった。

「私は父に言われるまで、『つぶしてもいい人間』という言葉を知らなかったよ。言葉だけじゃなくて、そういう概念さえ知らなかった」

千亜希はきっと「私もよ」などと言って同意してくれると思っていた。それなのに、白けたような表情をしている。

「今さらなんね。つぶされとる人間なんか、掃いて捨てるほどおる。こん私がそうだもん」

「千亜希さんが？　いったい誰につぶされてるっていうの？」

「子育てだけなら共働き生活ばなんとかして乗り切れたはずやった。だけんが舅が寝たきりになったけん退職するしかなかやった。施設に入れるのは忍びないと夫が言ったからね。だけんが今んなって考えてみたら、夫婦ともに地方公務員やけん、夫が学校ば辞めてもよかったとよ。優しい奥さんとか内助の功とか、うまかこと言われてそん気になるほど私は馬鹿じゃなか」

いつになく千亜希の語調は強かった。

「そんうえ、うちのダンナは生徒の母親と浮気しとっとだけん、踏んだり蹴ったりばい」

「それはこの前も聞いたけど、本当のことなの？」

「相手はたぶん一人や二人じゃなかと思う」

「それが本当なら部活の中で問題になるんじゃない？　保護者の間で噂になるだろうし」

「噂に？　もうなっとるかもね。知らぬは女房ばかりなりってことだ」

「そうかなあ。千亜希さんに誰一人ご注進に及ばないってことは、何もないんじゃない？」

「妻だけにわかる勘ってものがあるとよ」

「千亜希さんの考えすぎじゃないかなあ」

「あーあ、教師ば辞めんときゃよかったと。ダンナの親ば介護すっために辞めるなんて、どこまで人が好かとやろう。自分の職業人生ば犠牲にしてまで仕えてくれる嫁さんなら、私だってもらいたいばい。夏葉子さんが羨ましか。ご主人が財産残して死んでくれるなんて……そいだけでん最高のダンナさまじゃなかと」

「最高の？　冗談でしょう。私の夫だって……」

「ああ、あのサオリとかいう女のことね。だけん、聞けば聞くほどおかしかよ」

「おかしいというと？」

「ご主人とそん女とは、夏葉子さんよりもつき合いが長かやろう？　飽きとるに決まっとるよ」

「清楚なんだよね。いわゆる永遠の処女みたいな。男の人からみたらマドンナだと思う」

「そんな男性、今どきおるかなあ」

「男の人ってロマンチックでしょう」

「家に引きこもっとるアニメオタクとかならわかるけど、会社で忙しゅう働いとるサラリーマンで、そいはなかじゃなか？　結婚もしとって会社には若い女子社員もたくさんおって、女の実態もようわかっとるだろうに」

「そう言われたら……そうかも」

「もしかして、お宅のダンナさんは、そんサオリっちゅう女に脅されとったんじゃなか？」

「脅される？　なんで？」

「そいはわからん。見当もつかん。だけんが、お金ば送り続けとったなんて、おかしかよ。私ん常識では脅されとった以外に考えられんと」

「そんなこと……考えたこともなかった」

サオリが来たとき、口から出まかせに脅されていたから送金していたと言った。サオリはショックを受けたようだが、はっきりと反論することもなかった。自分が逆の立場なら、大声で反論するのではないか。

「ちゃんと遺品ば見てみたの？　手帳とか、日記とか、メールだとか」

知りたくなかったから、何も見ていない。

「なんちゃかんちゃひとつも残らんごと見てみた方がよかよ。もうここまで来たら、毒ば食らわば皿までん、やろう」

「もう思い出したくないから、まとめて捨てちゃおうかと思ってたんだけど」

「ダメダメ、絶対にダメばい。捨てたら二度と見られんよ」

「うん……そうだね。一応、捨てずには置いておくけど」

「そいより夏葉子さん、私に頼みのあるって言うとらんやった？」

「そうだった。実は夫のお姉さんからメールが来たの」

「お姉さんって？　まさか、引きこもりの？」

「これなのよ」

千亜希にメールを見せた。

「話ってなんやろう。親が出かけとる隙ば狙って呼び出すなんて、なんか危ない匂いがすっと。私がついていってあげると。絶対ひとりでは行かん方がよか」

そう言われると、さらに恐ろしくなってきた。

「向こうは運動不足なんやろうから、いざとなったらこっちの方が逃げ足は早かから大丈夫て思うばってん」

「いざというときって、例えばどんなとき？」

「お姉さんが金属バットか何かで襲ってくることも考えらるっやろう？　恨まれとる可能性の高かとだもん」

「いくら何でも、そんなこと……」

「お姉さんは小柄ね？　身長は何センチくらいあると？」

「百六十七センチくらいだったかなあ」

「すごう背が高かね。油断ばすっと、やらるっね」

「やられるって……だったら、動きやすい格好で行った方がいいわね」

「長かひらひらしたスカートなんてやめとこう。伸縮性のあるズボンがよかよ」

「なんか怖くなってきた。行かない方がいいかもしれないね」

「何の用か気になるとやろ」

「うん、すごく気になる」

用向きも気になるが、弓子が自分にどういう感情を持っているのかも知っておきたかった。今後もこの街に住むのなら、それは必要なことではないかと思われた。

「行くしかなかよ。しっかり食べて体力ばつけんと」

千亜希は闘志に燃えるような顔つきで、鶏のから揚げを頬張る。

自分も強くならねば。

そう思い、すぐに携帯を取り出し、弓子にメールした。

——メールありがとうございます。ご指定の日の午後二時にお伺いいたします。千亜希を連れて行くことを知らせておいた方がいいだろうか。知らせたら、「だったら来なくていい」と言われる気がした。とはいえ、千亜希が同行することを伏せて訪問して門前払いされたら、わざわざ付き添ってくれる千亜希に申し訳ない。

——信頼できる友人を同行させてもかまわないでしょうか。

迷った末に、その一文を追加してから送信した。

すると、間髪を容れずに「ＯＫです」と返信が届いた。

千亜希と二人で高瀬家に向かった。

門を通り抜け、前庭を通って玄関まで進む。

「門の中に入ったとは初めてたい。想像以上にすごか豪邸ばい」

玄関に辿り着いてインターフォンを押したが返事がなかった。

思わず千亜希と顔を見合わせる。

「いないのかな?」

「おるとやろう。わざわざメールで呼び出したんだけん」

千亜希は小声で言った。弓子が家の中で聞き耳を立てているのを想像しているらしい。

「玄関まで出てくるのも勇気がいると?」

「たぶん家の中にはいるんだろうけど、出てこられないのかも」

「いざ会うてなると怖じ気づいたてゆうことか」

「千亜希さん、ごめんね。せっかくここまで付き添ってもらったのに」

「私なら大丈夫。お姉さんは十年以上引きこもっとるんやろう? やったら無理もない」

「でも、ここまで来たんだし、もう一回だけ」

夏葉子がインターフォンに再び人差し指を伸ばしかけたとき、中から小さな物音が聞こえた。玄関ドア一枚を挟んで、すぐそこに弓子が待ち構えているのではないか。そう想像した途端、まるで感電したかのように慌てて人差し指を引っ込めていた。千亜希も怖くなったのか、腕を絡ませてくる。

二人とも息を殺してドアを見つめた。ドアを通して弓子の息づかいが聞こえてくる気がした。

「千亜希さん、もう帰りましょうよ」

「そいがよかばい」

二人で囁き合い、同時に踵を返しかけたとき、ドアが細く開いた。

「どうぞ、入って」と、しゃがれた声が聞こえてきた。

恐る恐るドアノブを引っ張ると、弓子が三和土に立っているのが見えた。サングラスをかけて大きなマスクをしている。伸び切った前髪がサングラスの半分くらいまで被さっていた。まるで、太陽光線に当たったら死んでしまう生き物みたいだ。

サングラスを通して、目が合ったような気がした。弓子はくるりと背を向け、上がり框に上がった。

「お邪魔……いたします」

てくる。

夏葉子は広い玄関に足を踏み入れた。千亜希もこわごわといった感じで後ろから入っ

弓子が背中を向けたままスリッパを二足並べている。紺のジャージのズボンに、グレーのスウェット生地のチュニック姿で、想像以上に太っていた。以前はおしゃれだったのに、昔の洋服はどれも入らなくなってしまったに違いない。ちらりと見えた横顔が青黒い。といっても、顔はほとんど隠れているので、こめかみのあたりが少し見えるだけだ。尻まで伸びた髪を背中で一つに束ねていて、太った巫女(みこ)のようにも見えるが、よく見ると白髪が何本も混じっていて薄気味悪かった。

千亜希を振り返ると、彼女は意を決したように力強くうなずいてみせた。いつにも増して目力が強く、頼りになる雰囲気を漂わせている。

弓子の後ろ姿を観察しながら、長い廊下を奥へ進んだ。一見すると不潔っぽいが、シャンプーのいい香りがした。朝シャンしたのかもしれない。髪が長い分、シャンプーの香りも強い。

「あっ」

弓子が何もない廊下で蹴躓(けつまず)き、前のめりになった。夏葉子が駆け寄って腕を支えると、「ありがとう。運動不足で足が弱ってるの」と小さな声で言った。ナイフを持って

襲ってくるなどという機敏な動作は、とてもできそうにない。

「適当に座ってちょうだい」

ソファに千亜希と並んで座った。三人掛けなのだから、ゆったり間を取って座ればいいものを、警戒心のせいか、無意識のうちにぴったりと身を寄せ合っていた。ドアに近い方の隅に腰を下ろしたのは、すぐに逃げの態勢を取れるからだ。

弓子は台所からペリエの小瓶を三本胸に抱えてきて、ローテーブルの上に置いて「どうぞ」と勧めてくれた。淹れてくれたお茶よりも、ずっと安心できる飲み物だった。こちらの警戒心を配慮してくれているのかどうかは知る由もないが。

「こちらは私の友人で、福永千亜希さんです」

「初めまして、どうぞよろしくお願いします」

「千亜希さんとは、長崎に引っ越してきてからの長いつき合いですし、信用できる人です。口も堅いですし……」

夏葉子の言葉を遮って、「別に噂になってもいいけど」と弓子は暗い声で言った。

さっきから弓子はペリエのキャップを捻っているが、なかなか開かないようだった。むくんでいるのか太っているせいか、指まで太くなっている。かつてはピアノを弾く指が細くて美しかったのに、今では見る影もない。もうピアノを弾くこともないのだろう。

この近所の人々は、ピアノの音が流れてくるのを楽しみにしていると聞いたことがある。下手な練習曲なら苛々するが、弓子のは、まるでラジオからふと流れてきたように錯覚するほど流麗で、心が穏やかになるというものだった。

弓子は、まだキャップと格闘していた。コンビニなどで、老人がペットボトルのキャップを店員に開けてもらっているのを見たことがある。だが、弓子はまだ五十歳にもならない。家の中で何もしないで過ごしていると、これほどまでに握力は弱ってしまうらしい。

「私が開けてあげますけん」

千亜希は、弓子の手から小瓶を奪うように取ると、簡単にキャップを捻った。

「ありがとう……情けないわ」

弓子は俯いたままそう言うと、マスクの下からペリエの小瓶の先を差し入れようとしている。二人の視線に気づいたのか、それから逃れるように横を向き、やっとひと口飲んだ。

沈黙が流れた。

弓子は喉が渇くのか、またペリエをひと口飲んだ。指先が細かく震えている。肩に力が入っているのか、いかり肩になっている。極度に緊張している様子が見てとれた。

「お義姉さん、お話というのは？」

「うん、それなんだけど……」と言いかけて、唾液が気管に入ったのか、激しく咳き込み始めた。

「ごめん、普段……あんまり……声を……出さないもんだから」としゃがれた声で言う。

——五十歳近くになったら筋力をつけなければならない。

そのことは、千亜希とともに通うスポーツジムでは常識のように浸透している。意識して気をつけて生活しないと、急激にあちこちが衰え始める年齢らしい。その悪い見本を今、目の当たりにしているようだった。むせ返っているところからして、手足だけでなく、喉の周辺の筋肉も弱っているのだろう。

「夏葉子さん、この前、ご実家のお父さんとここに来たでしょう」

やっと喉の調子が戻ったのか、弓子は話し始めた。ただでさえ声が小さいうえにマスクをしているから、くぐもっていて聞こえづらい。千亜希も同じなのか、前のめりになり、身体を斜めにして耳を弓子の方に傾けるような姿勢になった。そのことで聞き取りにくいとわかったのか、弓子の声は少し大きくなった。

「あのとき、わたし聞こえたの。堅太郎がサオリと長年に亘って浮気していたって」

弓子が、サオリを呼び捨てにしたのが気になった。

弓子はマスクの下から人差し指を入れてマスクを顔から少し浮かした。そのことで更に聞き取りやすくなったが、どうあってもマスクもサングラスも外したくないらしい。

「堅太郎は、東京で予備校暮らしをしていたんだけど、八月になってお盆休みで帰省したの。丘の上の図書館を知ってる？」

弓子はそう尋ねながら、夏葉子と千亜希を交互に見た。

「私は知ってます」と千亜希が答えた。

夏葉子は、工藤と行ったレストランの傍にあった図書館だろうかとぼんやり考えた。

「心臓破りの坂を登ったところにある図書館でね、若い人でも自転車を降りて歩いてしまうくらい息が切れるの。でも、帰りの下りはスリル満点なのよ」

千亜希もそうした思い出があるのか、何度も大きくうなずいている。

「図書館の先が住宅街だからか、交通量が少なくてね、スピードを出しても安全な道だったの。だから、男の子も女の子も横断歩道や信号を無視して坂道をすごいスピードで風を切って街の方へ降りていくのを楽しんでたのよ」

そう言って弓子は、ふっと窓の外の庭へ目をやった。

「堅太郎も、図書館の帰りに……」と、弓子は庭に目をやったまま言った。「黄昏（たそがれ）どきは物が見えにくいでしょう。真っ暗な夜なら人は目を凝らして一生懸命見ようとするけど、でも黄昏どきは油断するのよね」

弓子は夏葉子に視線を戻した。「堅太郎は……横断歩道を渡ろうとしていたおばあさんを自転車で撥ねてしまったの」

家の中がしんとしたのは、三人とも息を止めたからかもしれない。

「おばあさんの杖がカランコロンと音を立てて転がったそうよ。堅太郎は急いで急ブレーキをかけて自転車を放り出して、慌てて駆け寄って、『大丈夫ですか』って何度も大声で呼びかけたらしいけど、返事をしなかったの」

「まさか……死んでしもうたと？」

「そうなの。呼吸が止まってたらしいわ」

そんな話は初耳だった。

「それで、どうなったんですか？」と夏葉子は尋ねた。

法律のことはよくわからないが、信号を無視したのであれば、悪気がなくても犯罪と判断されてしまうのではないか。執行猶予がついたのか、それとも死亡事故でも示談で済むこともあるのか、それとも懲役刑を受けたのか。

「ちょうどそのとき、運悪くサオリが通りかかったの」

弓子は憎々しげに顔を歪めた。

「そのとき堅太郎はパニック状態に陥っていたんだと思う。まだ携帯電話が普及していない時代だったし、近所に公衆電話もなかった。高校を出たばかりで世間知らずだったし」

そう言って弓子は目を閉じた。その当時の様子を想像しているのだろうか。

「もしかして……逃げたとね？」

「そう、そういうこと。サオリに早く逃げた方がいいって言われたらしいわ。堅太郎は当時から女の子に人気があって、バレンタインデーにはたくさんのチョコレートを持って帰ってきた。サオリは憧れの男の子を庇いたい一心だったのかもしれないけど……」

「まさか、それが恐喝に変わっていったんですか？」

「夏葉子さん、その通りよ。堅太郎はサオリのことを好きじゃなかった。私には事件の一部始終を話してくれたし、サオリからの恐喝が始まったときも怯えてた。ガラが悪くて別世界の人というように感じてたんだと思う」

「ガラが悪い、ですか？　楚々とした清純な感じでしたが」

「ずいぶん会ってないけど、四十半ばにもなって清純ってことはないでしょう」

「いいえ、本当に清楚な感じがしました」

「だとしたら、堅太郎に気に入られるように必死だったんじゃないかな。とはいえ、清純な人が恐喝したりしないと思うけどね」

今まで想像していたことと何もかもが違っていた。だが、考えてみるまでもなく、弓子の言う内容の方がしっくりくる。いつも冷静沈着な夫が、中学時代のガールフレンドに長年に亘って執着し続けるとは思えない。夫には、情熱がほとばしるイメージがどうもぴったり来なかったのだ。実家の両親のように、朝から晩まで一緒にいる夫婦に比べたら、自分たちには距離があったが、それでも同じ屋根の下で十五年もの間、寝起きしてきたのだ。

上品な夫は早々に諦めたのではないだろうか。あの女とレベルの低い争いをすることを。

夫は現場から逃げたことを、たぶん死ぬまで後悔していただろう。すぐに警察を呼べば事故として処理され、刑事罰を受けない可能性も高かったことは、あとで落ち着いて考えてみればわかったはずだ。だがいったん逃走してしまったら終わりだ。自転車といえども轢（ひ）き逃げ犯となる。サオリに唆（そそのか）されて判断を誤ったことが、彼の人生を狂わせてしまったのか。

「二人が逃げてしばらくして通行人が救急車を呼んだらしいわ。それ以降のことはわからないけど、単に老人が転んだだけと処理されたの。新聞の地方版に小さく死亡記事が出てた。九十三歳だったたって」

「そのことを私に伝えるために今日ここに呼んでくださったんですか？」

「そうよ。サオリが堅太郎の愛人だったたなんて誤解してほしくなかったの」

「そうですか、それはありがとうございました」

「堅太郎はね、夏葉子さんを大切にしていたわ」

「そう……でしょうか」

「サオリの親族はいろいろと問題があってね。親戚も堅気じゃない人が多いのよ。だから事を荒立てたくなかったんじゃないかな。どう考えたって、サオリなんかより夏葉子さんの方がずっといいもの」

本当にそうだろうか。

「本当よ」

こちらの疑いを感じ取ったのか、弓子は続けた。「堅太郎は防波堤になってたの。夏葉子さんを守るために」

「守るって、サオリさんから、ですか？」

「そうだと思う。サオリは何をするかわからないと踏んだんじゃないかな。恐喝にしても、お金そのものが目的じゃなくて、堅太郎と繋がっていたかったのよ。妻が毎月家計費をもらうように堅太郎に気遣ってもらいたかったんだと思う」

「切ない片思いばい。でもいつまでもあきらめられんとはストーカーたいね」

今となっては何が本当かわからない。

ただひとつ、はっきりわかったのは、自分は夫から愛されていたと思って生きていく方が、精神的によさそうだということだ。

「それでも、やっぱり……とても愛されていたとは思えませんでした。互いの誕生日や結婚記念日は決まって残業か出張でしたし」

「そういう日は、必ずサオリから呼び出しがあるって言ってたわ。そのことでも、かなり参ってるみたいだった。それに、福岡本店のエリートコースを蹴ってまで長崎支店に帰ってきたのも、サオリの命令に従ったからよ」

「それが本当なら、正直に言ってくれればよかったじゃないですか」

「私もそう思った。だから堅太郎に、自転車事故のことも何もかも夏葉子さんに話すよう勧めたんだけど、『夏葉子は真面目だから、そういう男を軽蔑するだろう』って」

「そんなの水臭い。話してほしかったです。このことは、お義父さんやお義母さんはご存じだったんですか?」

「今も知らないわ。今さら言うことでもないし」

「お義姉さんは白川豪さんをご存じですか？」

「もちろんよ。堅太郎の大親友だもの。サオリとの間に入って、堅太郎を守ろうとしてくれてたのよ」

「この前、白川さんはサオリさんとうちに来られました。形見分けがほしいと言って」

「それはたぶん、サオリが夏葉子さんに誤解を与えるようなことを言わないように見張りとしてついてきたのよ」

「……なるほど。でも、お義姉さん、どうしてここまで親切にしてくださるんですか？」

十年以上も引きこもっているのだから、人に会うのはさぞ勇気の要ることだったろう。

「サオリにいいようにされて腸が煮えくり返ってたし、そのうえ夏葉子さんまで堅太郎のことを不誠実な男だと思っていたなら、まさにサオリの思うツボだし、何よりも弟が憐れだもの。可哀相な堅太郎……」

そろそろ帰ろうと、畳んだコートに手を伸ばしかけたとき、千亜希が言った。

「お姉さん、髪ば切った方がよかじゃなかですか？」

いきなりだった。弓子が気分を害するのではないかとハラハラし、夏葉子は千亜希の袖を引っ張った。

弓子はぽかんと口を開けて千亜希を見つめているらしい。サングラスとマスクで隠れていて表情は見えないが、そういった感じの佇まいだった。

「そいだけ長かと、シャンプーすっとも大変じゃなかね？」

夏葉子の心配をよそに、千亜希はなおも言った。

「でも、私は……」と弓子は言いかけて俯いた。「美容院に行く勇気はないから」

「私が切ってあげますけん」

「えっ？　あなた美容師さんなの？」

「違います。たとえ下手でん、今の巫女さんのごたるヘアスタイルよりはマシになっと」

弓子が腹を立てるのではないかと思うと、夏葉子は気が気ではなかった。

「ちょっと千亜希さん、ほら、コート着て」

ともかく、もう帰った方がいい。弓子はプライドの高い女性なのだ。

「プロじゃなかけん、うもうは切れんばってん、昔は姑や息子の髪ば切ってやったとよ」

千亜希が妙に張りきっているのは、親切心からではなくて、人の髪を切るのが好きなのではないか。久々にやってみたいのではないかと思われた。

「十分くらいで終わりますけん。気軽な気持ちで切りましょう」

「そう？　じゃあ切ってもらおうかな」

まさかの弓子の言葉に、今度は夏葉子の方がぽかんとしていた。

「やっぱい、そうやろう、切った方がよかやろう」

千亜希は素早く動いた。リビングの隅に置いてあった昨日の新聞を勝手に床に広げ、その上に、ダイニングから椅子を持ってきて置いた。「どがん鋏でんよかよ」と弓子に鋏や櫛やヘアクリップを持ってこさせると、弓子を椅子に座らせて、鏡を持たせた。

「マスクとサングラスは……」

「そのままでよかよ。無理せんでよか」

「ありがとう。いつも後ろでひとつにくくってるから、ギザギザでも構わないわ」

表情はわからないが、ここに来てから小一時間の間に、弓子の声音に表情が出てきたように思われた。

千亜希の鋏さばきは大胆だった。迷うことなく肩の辺りでバッサリと切った。そのあとは、大きなヘアクリップで髪をブロッキングしてから少しずつ繊細に切っていく。プロではないと言いながら、なかなかの腕前だった。

切り終わってみると、ポニーテールにして誤魔化さなくても、そのままでおかしくないボブになっていた。

「できました」

「すごく軽くなった」

弓子はそうっとマスクを外した。マスクの紐のあとが、ふっくらした頬にくっきりとついていた。

弓子は髪の軽やかさを試すように頭を左右に振った。サングラスに手をかけたので、外すのかと思ったが、逡巡した挙句、それは止めたようだった。

「思いきってよかった。この機会を逃したら、二度と髪を切れない気がしたの」

ふっと可哀相になった。今までどんな気持ちで孤独な日々を過ごしてきたのだろう。そのうえ、自慢の弟を亡くし、どれだけ悲しかったことだろう。どれだけ寂しかっただろう。

——この人は、他人ではない。

唐突にそう思った。

縁あって知り合った人なのだ。

それなのに、あんな届けを出して、バッサリと縁を切ってしまった。

あれで本当によかったのだろうか。

高瀬家を辞してから、千亜希を車に乗せて家に帰ってきた。

「夏葉子さん、良かったね。ダンナさんとサオリの真相がわかって」

「……うん、でも、本当なのかな」

「正直言って、私も本当かどがんか怪しげなて思ったばってん、引きこもりの人がわざわざ話してくれたとやけん、きっと本当なんやろうて思うよ」

「それはそうなんだけど」

「あのお姉さん、すごう緊張しとったよね。今頃きっとぐったりして昼寝しとるよ」

「あんなに親切な面を見せられると、縁を切ったことが果たして良かったのかって思う」

「夏葉子さんは人が好すぎると」

千亜希は苦笑した。「もしも姻族関係終了届ば出さんかったら、どがんなっとっと？　その細か肩に背負いきれる？　舅の介護だなんだと、そのうちタウン情報誌の仕事は辞めんとならんよ」

「それは嫌だ。お義母さんが、もう少し節度あるつき合いをしてくれればよかったのに」

そしたら自分はもっと親切にできたのにと思う。

「いっぺんは縁のあった人なんだけん、手助けできることはやればよかじゃなか？」

「例えば、どんなこと？」

「お姉さんはあまりに運動不足だけん、早々に寝たきりになる予感がすっけん。だけん私たちのスポーツクラブに誘ってあげたらどうやろう」

「それは無理よ。すごくプライドの高い人なのよ。今日だって、まさか髪を切らせてくれるなんて青天の霹靂と言ってもいいくらいだもの」

「だけど、お姉さんはちょっとずつ前に進もうとしてる。今日、家に呼んでくれたのも、もんすごう勇気が要ったと思うよ。それと、夏葉子さんは舅さんの下の世話まではせんでもよかけど、どこん老人ホームがよかかネットで探したり、手続きを手伝うてあげたらどがんね」

「そうね、それくらいならやってあげられるわね」

姑の立場を考えてみた。夫が認知症で、息子は早死にし、娘は引きこもりだ。今の時代、パソコンが使えないと、情報量が少なくなるし、何をするのにも手間がかかる。姑が心細くなる気持ちもわかる。

無理のない範囲で手助けしよう。

そう考えると、温かい気持ちになった。

「千亜希さん、今日は本当にありがとう。お節介かもしれないけど、ダンナさんの柔道の練習試合はどんどん見に行けばいいと思うの。それに、お弁当も作っていけばいいよ」

「いきなり、なんね？」

「人間てさ、いつ死ぬかわからないじゃん。私みたいに言いたいことも言わないでいると、モヤモヤしたままになるよ。いつか後悔する日がくるかも」

「そうかもしれんね」

「もしもタイムマシンで戻れるなら、私は夫にどんどんぶつかっていこうと思う」

「どんと、か。やったら今度、夏葉子さんも試合についてきてくれんね」

「えっ、私も？　うん……いいけど？　柔道の試合も見てみたいし」

夏葉子は久しぶりに、ふんわりとした幸福感に包まれていた。

10

春の匂いがした。

何の香りだろう。

バスの吊り革につかまったまま、何気なく周りを見渡すと、ライラックの花束を膝に置いている女性がいた。

バス停に着き、乗客が降りていく。花束を持った女性も出口に向かった。その残り香を楽しむように、思いきり鼻から吸い込んだときだった。

車窓から姑が見えた。

荷物が重いのか、身体が前のめりになり、とぼとぼと歩いている。見ないうちに、一気に老いぼれたように見えた。以前の、背筋をぴんと伸ばして颯爽と歩く、すらりとした姑ではなかった。

——英国の素敵な老婦人。

日本人だが、そういった表現が似合うような人だったはずだ。

——私も年を取ったら、あんなカッコいいおばあさんになりたい。

ずっとそう思ってきた。生まれながらに備わったものや品の良さが滲み出ていて、努力で補える類いの物ではない。だから、自分には到底無理だろうとは思っていたが、少しでも近づきたいと願っていた。

「すみませーん、やっぱり私も降りますっ」

無意識のうちに大声を出していた。急いで立ち上がり、「すみません、すみません」と謝りながら人をかき分けて出口へ向かう。

バスを降りて道路の向かい側を見ると、姑はデパートの前のベンチに腰かけていた。横断歩道を渡って近づいていくと、姑が何気なくこちらの方へ目をやった。

次の瞬間、目が合った。その途端に、姑は慌てて目を逸らした。まるで、見てはいけない物を見てしまったとでもいうように。

全くの他人に対してなら、そういう態度には出ないだろう。つまり、自分は姑にとって最も厄介な人物になったということか。自分は今後もずっとこの街で暮らすかどうかはわからない。もしかしたら、何かのきっかけで東京へ帰る日が来るかもしれないが、当分はこの地で暮らすつもりでいる。

だったら、気持ちよく過ごしたい。誰かと目が合ったら途端に知らんふりを装うようなのは気疲れするではないか。

夏葉子は、姑に向かってまっすぐ歩いていった。

姑が、驚いたようにこちらを見ている。

「おかあさん、お荷物、お持ちしましょうか？」

「えっ？」

姑が目を見開いた。

「おかあさん、これからどこかへ行かれるんですか？」

姑は戸惑ったような顔をしている。法律上は絶縁したのだから、まさか夏葉子からおかあさんと呼ばれ、声をかけられるとは思ってもいなかったのだろう。だが、拒絶する表情ではなかった。

「お父さんがね、入院したのよ。癌の疑いがあるみたいでね」

「そうだったんですか。いまから病院へ行かれるんですか？」

「そうなの。ここのデパートで入院に必要な物を色々と買ったら、気づかない間にこんなに重くなってしまったの。タクシー乗り場まで、ここから少し距離があるでしょう」

「ここでタクシー拾えばいいですよ」

「私もそう思ったんだけど、案外と流しのタクシーが来ないのよ」

「私が呼んであげますよ」

夏葉子はスマホで市内のタクシー会社を検索すると、すぐその場で電話をかけた。

「すぐ来るそうです」

「ありがとう。助かるわ。若い人はネットが使えていいわね。年を取ると世の中に置いて行かれてしまうわね」

姑は悲しそうな目をしていた。

「どこの病院ですか？」

「月ヶ岡総合病院よ」

一度、見舞いに行ってみようかな。

夫側の親族は、みんな本当は善良な人たちばかりだった。姑にはたくさんのことを教えてもらった。お茶の作法や花の生け方や、魚の下ろし方、着物の選び方など数えきれない。そして何よりも、「面倒見のいいお母さん」の温かさを教えてもらったと思っている。どれも実家の母からはついぞ与えられなかったものだ。

タクシーが目の前の道路に滑り込んできた。

「夏葉子さん、ありがとう」

姑がタクシーに乗り込む。夏葉子は重い荷物を座席に置いてあげた。

「今度、おとうさんのお見舞いに行ってもいいですか？」

そう尋ねると、姑は目を見張った。大きな目に涙が滲んでいた。

「……ええ、もちろんよ」

声を詰まらせている姑に代わって、夏葉子は大きな声で言った。

「運転手さん、月ヶ岡総合病院までお願いします」

ドアが閉まり、タクシーが出発した。

次の角を曲がるまで、姑は後ろを振り返り、夏葉子に小さく手を振り続けた。


グラバー邸の庭にあるベンチに腰掛けた。

街を一望でき、長崎港を見下ろせる場所だ。今日のような天気のいい日は、心が洗われるようだった。

すてきな教会がある。

魚が美味しい。

空気がきれい。

私は誰の所有物でもない。

夫側の親族は、縁あって知り合った人々だ。街で会ったら明るい笑顔で挨拶しよう。

舅や姑や義姉に何か困ったことがあれば相談には乗るつもりだ。それくらいの親切心は持ち合わせている。

春の風に吹かれると、晴れやかな気分になった。

ふと、父の声が聞きたくなった。仕込みが終わって休憩している頃だろう。

「もしもし、父さん？」

――おう、夏葉子か。あれからどうだ、困ったことはないか。

「お陰様で大丈夫。色々ありがとね」

――そうか、それは良かった。今後もそっちに住んで、今の仕事を続けるのか？

「うん、当分はね。でも、そのうちもっと稼げる仕事をしたいと思ってる」

いつのことになるかわからないが、自分でタウン情報誌の会社を興したいと考えるようになっていた。自分は余所者だから、この土地について知らないことがたくさんある。それを逆手にとって、観光客目線のタウン情報誌の会社を興すのはどうだろう。旅行客は圧倒的に女性が多いから、女性に役立つ情報は需要があるはずだ。

二階堂の出す「長崎風土記」は、「譲ります・もらいます」の欄が最も評判がいい。つまり地域密着型だ。自分はそれとは違った路線でいけるのではないか。

旅行会社と協力関係を築いたり、市の広報にも売り込みをかけたい。

あれこれと想像を巡らせるだけで、心が浮き立ってくる。

次回スポーツジムに行ったとき、千亜希にも相談してみるつもりだ。

「ところでさ、父さんと母さんは夫婦の鑑（かがみ）だね」

――なんだよ、いきなり。

「いつも言いたいことを言いあって羨ましいよ」

――そうでもないぜ。口に出して言わねえ方がいいこともあるからな。

「でも、相手の考えていることはわかるじゃない。そういうのが本当の夫婦だと思うよ」

亡き夫の堅太郎のことだけではなかった。工藤にしても同じだ。ホテル代を払わないときも、一回目はいいとしても、さすがに何回目かで「今日は払ってね」とか「どうして払おうとしないの」などと、聞くべきだったのだ。それでも聞いちゃいけない気がして、とうとう聞けなかった。まさか、自分が便利な女になっていたとは思いもしなかった。

あれから何度も工藤と覚しき番号から携帯に着信があった。だが無視しているうちに、その回数は減っていき、一ヶ月ほどで途絶えた。そんなある日、街で工藤を見かけた。有名ブランドの服で着飾った五十歳前後と見える女性と腕を組んで歩いていた。すれ違いざまに女の甘え声が聞こえてきた。工藤はこちらをちらりと見たが、すぐに目を逸らした。

——もしもし、夏葉子、聞いてるのか？

「あ、ごめん」

——あのなぁ、夏葉子、相手の考えてることなんか、わかるはずねえだろ。結婚して何十年も経つけど、芳枝がいったい何考えてるんだか、俺はいまだにわからねえもん。

「えっ？　そんなことないでしょう。父さんと母さんは、いつも言いたいことをずばずば言い合ってるじゃないの」

——ずいぶん単細胞なんだな、夏葉子は。

電話の向こうで父が苦笑した気配がした。

「ちょっと父さん、今の撤回してよ。私のこと単細胞だなんて、冗談でしょう？」

——いくら母さんでも、口に出すことと思っていることがいつも一致しているとは限らねえだろ。

「えっ、そうなの？」

——当たり前じゃねえかよ。いつ何時も馬鹿正直に自分の気持ちを言うヤツがこの世にいるかよ。そもそも自分の考えていることや感じたことを正確に伝えるなんて、すごく難しいことだぜ。

「そうか、そう言われればそうだね」

——根っからの悪人じゃなければ許容範囲だろ。そう思って我慢して夫婦を続けてるんだよ。

誰しも本当のことなんかわからないのだ。

いや、それ以前に、真実なんて存在しないのではないか。だって、自分から見た夫と、姑から見た夫と、サオリから見た夫はきっと違う。

夫が最も愛した女は自分だと思いたかった。そういった自分の勝手な思い込みを、人は真実と呼ぶのではないか。ガラス細工の心を守るために。

——ねえ、父さんてば。

いきなり電話の向こうで、花純の声がした。

——ねえ、誰から電話なの？　えっ、お姉ちゃんから？　だったらちょっと代わってよ。

——うるせえやつだな。ったくよう。

——あ、もしもし？　お姉ちゃん？　今度さ、そっちに遊びに行っていい？

「……うん、いいけど」

──お姉ちゃんちに泊めてくれる？いい年をして、甘えるような声を出す。

──父さんから聞いたよ。お姉ちゃんも色々と大変だったんだね。私に相談してくれたらよかったのに。

「は？」

なんでよりによって花純なんかに相談しなければならないのだ。
──四泊くらいしてもいいかなあ？　もしもし、ねえ、お姉ちゃん、聞いてるの？
花純の声を聞いているうち、幼かった頃の光景がふっと脳裏に蘇ってきた。
小学生の頃、夏葉子は学校でイジメに遭っていた。
イジメに遭うのは、決まって下校途中の路上だった。今の自分からは考えられないの
だが、あの頃は異様に気が弱くて、ひとことも言い返すことができなかった。何をどう
言っていいのかもわからなかったし、同級生の女の子たちからバイキン呼ばわりされる
のを、自分が悪いのだと心底思っていた。俯いてじっと耐えるしかなかった。
そんなとき、大声を張り上げて守ってくれたのが、二学年下の花純だった。花純はク
ラスの中でも小柄な方だったのに、敵の前に両手を広げて立ちはだかった。
──バカって言う方がバカだ。これ以上、うちのお姉ちゃんをイジメたら許さないよ。

敵を追い払ったあと、花純は決まって腕を絡めてきて、家に向かって一緒に歩き出した。

夏葉子の胸のあたりまでしかない花純は、こちらを見上げながら言ったものだ。

——そんなにしょんぼりしたらダメだよ。お姉ちゃんは何も悪くないんだからね。今のまんまでいいんだから。

当時の情景を思い出した途端、涙が一筋つうっとこぼれてきた。

長い間、忘れていたことだった。

もしも花純が、まともな男と結婚していたなら、もっと違ったふうになっていたのではないか。

人生にはいくつもの岐路がある。

亡き夫も、十八歳のときに道を間違えたのだ。

その夜、夏葉子は夫が残した手帳を、初めて開いてみた。

年代順に遡って見てみたが、どのページも仕事の予定しか書いていなかった。会議の予定と内容、資料作成のためのメモ書き、証券の専門用語があちこちに出てきて難しい。まさに、多忙なビジネスマンのものだった。想像していた「サオリ」の文字は一度も出てこない。「サ」を丸で囲んだ文字も探してみたが見当たらなかった。どんどん過去に遡っていくと、ひと筆書きの星の絵が五つ横に並んでいる箇所が目に入った。

この日は何か特別な日だったのだろうか。

今から十六年前の九月の第三日曜日……。

あっ。

それは自分と夫の結婚式の日だった。

星が五つとはどういう意味だろう。新婚旅行はハワイだったが、五つ星のホテルに泊まった覚えはない。

もしかして、自分が結婚相手として五つ星の女性と見られていたとか？

まさかね。

思わず苦笑が漏れる。

それとも、人生で最も輝ける日だったとか？

まさか、まさか。

でも、夫がこの日に好ましい感情を持っていたことだけは確かだろう。

自分たちは五つ星の夫婦だった……ということにしておこう。

その方が、精神的にも良さそうだもの。

解説

角田龍平

「だって、そんな届けなんてあるわけないじゃない」

「嫁」とは文字どおり家を背負う女と信じて疑わない亡き夫の実家から解放される方法があるなんて。

夏葉子（かよこ）にとって「姻族（いんぞく）関係終了届」は、あたかもドラえもんの四次元ポケットから飛び出す秘密道具のようなものだった。

夏葉子が姻族関係終了届を知らなかったように、その存在は一般的に知られていない。のみならず、そもそも姻族なるものの概念すら知らないひとが少なくない。姻族とは、配偶者の3親等までの血族と、自分の3親等までの血族の配偶者をいう。

本作にあてはめると、舅姑は夏葉子にとって1親等の姻族であり、夫の姉である弓子は2親等の姻族である。

民法では6親等内の血族、配偶者、3親等内の姻族を親族と定義している。

そして、直系血族と兄弟姉妹は互いに扶養義務があるとしたうえで、家庭裁判所は特別の事情があるときは3親等内の親族間にも扶養義務を負わせることができると定めている。

夏葉子は、インターネットで扶養義務の存在を知り、「舅姑だけでなく、義姉の世話までみさせられる可能性があるのか」と絶望する。

しかし、夏葉子が民法の扶養義務に基づいて舅姑や義姉の介護をさせられることはない。

なぜなら、扶養義務とは自分の資産で生活することのできない者に経済的な援助を与える義務をいうのであり、資産家である舅姑とその資産を相続する義姉は経済的な援助を必要としないからである。

嫁が舅姑や義姉の介護をする義務は扶養義務の内容ではないばかりか、そのような義務について定める法律は他にも存在しない。

とはいえ、法律上の義務がないからといって、ただちに嫁が姻族の介護から解放されるわけではない。

嫁とは家を背負う女と考える因習が、姻族の介護をする事実上の義務を嫁に背負わせるのだ。

地方の名家である高瀬家の嫁・夏葉子は、姻族関係終了届という劇薬を用いなければ、舅姑や義姉を介護する負担から解放されることはなかっただろう。

もっとも、弁護士として夏葉子から相談を受けたとすれば、姻族関係終了届以外の解決方法も提示する。

夏葉子が危惧していたのは舅姑の遺産を相続できないのに、介護だけさせられることだ。

父の言葉を借りれば、「向こうの財産？　そんなの手に入るわけないだろ」「親としちゃあ引きこもりの娘に全財産を残してやりたいと思って当然だし、相続法でも、お前には一円も行かねえはずだよ」ということになる。

たしかに、嫁には舅姑の遺産を相続する権利はないので、父の言葉は一面では正しい。その反面、必ずしも「向こうの財産？　そんなの手に入るわけない」とは言い切れない。

手に入らなければ、手に入るようにすればいい。

そこで、私なら夏葉子に舅姑との養子縁組を選択肢として提示する。

養子縁組をすれば、夏葉子に舅姑の遺産を相続する権利が発生する。

養子縁組をした後に、舅、姑、義姉の順に亡くなるケースを想定してみよう。

まず、舅が死亡するとその遺産は配偶者である姑が2分の1を相続し、実子である義姉と養子である夏葉子が4分の1ずつ相続する。

次に、姑が死亡すると、姑の遺産は義姉と夏葉子が2分の1ずつ相続する。

このとおり、養子は相続において実子と同じ取り扱いを受けることができる。

さらに、義姉が死亡すると、舅姑との養子縁組により義姉と姉妹になった夏葉子が義姉の遺産をすべて相続する。

最終的に、夏葉子は「向こうの財産をすべて手に入れる」ことになる。

ただし、夏葉子が高瀬家の財産をすべて手に入れる頃には舅姑と義姉の介護ですっかり疲弊しているだろうし、そもそも「引きこもりの娘に全財産を残してやりたい」舅姑がすんなり養子縁組に応じてくれるとは思えない。

いずれにせよ、夏葉子自身が介護と引きかえに財産を手に入れることを潔しとしないだろう。

やはり、夏葉子は「嫁」が背負った家という重荷をおろし、ひとりの女として生きていくことを選択するに違いない。

本作は、負荷なく軽やかに歩き始めた夏葉子が、血族（父母や妹）、配偶者（亡き夫）、姻族（舅姑や義姉）との関係を見つめ直して物語が終わる。

「嫁」を解体して女を家から切り離してみると、女は家を俯瞰することができるようだ。

そして、嫁いだ家が見えてくると、対照的に育った家も見えてくる。

人生を登山に例えると、40代半ばの夏葉子は折り返し地点の山の頂にいる。

山頂で荷物をおろしてはじめて見えた景色を心にとめて、夏葉子はこれから山を下る。

夏葉子がふたたび工藤のような後家殺しの追い剝ぎに遭うことなく、無事に下山することを祈るばかりだ。


（すみだ・りゅうへい　弁護士）

本書は、単行本『嫁をやめる日』として二〇一七年三月に
中央公論新社より刊行されました。
このたびの文庫化にあたり、『夫の墓には入りません』と
改題し、加筆修正しました。

中公文庫

夫の墓には入りません

2019年1月25日　初版発行
2022年5月30日　8刷発行

著　者　垣谷美雨

発行者　松田陽三

発行所　中央公論新社
〒100-8152　東京都千代田区大手町1-7-1
電話　販売 03-5299-1730　編集 03-5299-1890
URL https://www.chuko.co.jp/

DTP　平面惑星
印　刷　三晃印刷
製　本　小泉製本

Published by CHUOKORON-SHINSHA, INC.
Printed in Japan　ISBN978-4-12-206687-8 C1193

中公文庫既刊より

各書目の下段の数字はISBNコードです。978-4-12が省略してあります。

か-86-1
老後の資金がありません　垣谷　美雨
老後は安泰のはずだったのに！　家族の結婚、葬儀、失職……ふりかかる金難に篤子の奮闘は報われるのか？　〝フツーの主婦〟が頑張る家計応援小説。
206557-4

つ-31-1
ポースケ　津村記久子
奈良のカフェ「ハタナカ」でゆるやかに交差する七人の女性の日常。それぞれの人生に小さな僥倖が訪れて……。芥川賞「ポトスライムの舟」五年後の物語。
206516-1

は-74-1
三千円の使いかた　原田　ひ香
「人は三千円の使いかたで、人生が決まるよ」突然の入院、離婚、介護費用……。一生懸命生きるあなたのための「節約」家族小説！〈解説〉垣谷美雨
207100-1

は-75-1
大人になったら、　畑野　智美
三十五歳の誕生日を迎えたメイ。カフェで働く日々はそれなりに充実しているが……。久しぶりの恋に戸惑う、大人になりきれない私たちの恋愛小説。〈解説〉渡辺雄介
207171-1

ま-51-1
おばちゃんたちのいるところ Where The Wild Ladies Are　松田　青子
追いつめられた現代人のもとへ、八百屋お七や皿屋敷のお菊が一肌ぬぎにやってくる。お化けの妖気が心のしこりを解きほぐす、ワイルドで愉快な連作短篇集。
206769-1

み-51-1
あの家に暮らす四人の女　三浦しをん
父を知らない佐知と母の暮らしに友人の雪乃と多恵美が加わり、笑いと珍事に溢れる牧田家。ゆるやかに流れる日々が心の孤独をほぐす。織田作之助賞受賞作。
206601-4

や-74-1
ニセ姉妹　山崎ナオコーラ
正子、三十五歳、シングルマザー。挑戦したのは気の合う友人と〝姉妹生活〟。苦しい日常に風が吹く、ポップで自由な家族小説。〈巻末鼎談〉阿佐ヶ谷姉妹
207172-8